U0857044

华文经典
HUAWEN
SUPERIOR

细雨慢煎一湖春

朱光潜 / 著

台海出版社

图书在版编目 (CIP) 数据

细雨慢煎一湖春/ 朱光潜著 . -- 北京：台海出版社, 2018.3

ISBN 978-7-5168-1755-1

Ⅰ. ①细… Ⅱ. ①朱… Ⅲ. ①散文集－中国－当代 Ⅳ. ① I267

中国版本图书馆CIP数据核字(2018)第 013532 号

细雨慢煎一湖春

著　　者：朱光潜

责任编辑：姚红梅　　装帧设计：lemon

版式设计：李　松　　责任印制：蔡　旭

出版发行：台海出版社

地　址：北京市东城区景山东街 20 号，邮政编码：100009

电　话：010 － 64041652（发行，邮购）

传　真：010 － 84045799（总编室）

网　址：www.taimeng.org.cn/thcbs/default.htm

E-mail：thcbs@126.com

经　销：全国各地新华书店

印　刷：北京旭丰源印刷技术有限公司

本书如有破损、缺页、装订错误，请与本社联系调换

开　本：128mm×185mm　　1/32

字　数：187 千字　　印　张：9

版　次：2018 年 6 月第 1 版　　印　次：2018 年 6 月第 1 次印刷

书　号：ISBN 978-7-5168-1755-1

定　价：49.90 元

在本书的编辑过程中，对于所选篇目中不符合当下汉语使用习惯和规范的用字、标点符号等未作改动，旨在尽量保留作者的原笔原意。

但对于一些明显的文字和逻辑悖误，做了必要的修改。请读者知晓。

朱光潜　　1897–1986

字孟实，安徽省桐城县人。现当代著名美学家、文艺理论家、教育家、翻译家。一九二二年毕业于香港大学文学院。一九二五年留学英国爱丁堡大学，致力于文学、心理学与哲学的学习与研究，后在法国斯特拉斯堡大学获哲学博士学位。一九三三年回国后，历任北京大学、四川大学、武汉大学教授。一九四六年后一直在北京大学任教，讲授美学与西方文学。

主要著作有《悲剧心理学》《文艺心理学》《西方美学史》《谈美》等。此外，他的《谈文学》《谈美书简》等理论读物，深入浅出，内容切实，文笔流畅，对提高青年的写作能力与艺术鉴赏能力颇有裨益，其大部分作品收录于《朱光潜全集》。

能处处领略到趣味的人

决不至于岑寂，也决不至于烦闷

作者自传

——一九二五年夏，我取道苏联赴英，正值苏联执行新经济政策时代，在火车上和苏联人攀谈过，在莫斯科住过豪华的欧罗巴饭店，也在烟雾弥漫、肮脏嘈杂的小酒店里喝过伏特加，啃过黑面包，留下了一些既兴奋而又很不愉快的印象。

我笔名孟实，一八九七年九月十九日出生于安徽桐城乡下一个破落的地主家庭。父亲是个乡村私塾教师。我从六岁到十四岁，在父亲鞭挞之下受了封建私塾教育，读过而且大半背诵过四书五经、《古文观止》和《唐诗三百首》，看过《史记》和《通鉴辑览》，偷看过《西厢记》和《水浒》之类旧小说，学过写科举时代的策论时文。到十五岁才入“洋学堂”（高小），当时已能写出大致通顺的文章。在小学只待半年，就升入桐城中学。这是桐城派古文家吴汝纶创办的，所以特重桐城派古文，主要课本是姚惜抱的《古文辞类纂》，按教师的传授，读时一定要朗诵和背诵，据说这样才能抓住文章的气势和神韵，便于自己学习作文。我从此就放弃时文，转而摸索古文。我得益最多的国文教师是潘季野，他是一个宋诗派的诗人，在他的熏陶之下，我对中国旧诗养成了浓厚的兴趣。一九一六年中学毕业，在家乡当了半年小学教员。本想考北京大学，慕的是它的“国故”，但家贫拿不起路费和学费，只好就近考进了不收费的武昌高等师范学校中文系。我很失望，教师还不如桐城中学的。除了圈点一部段玉裁的《说文解字注》，略窥中国文字学门径之外，一无所获。读了一年之后，就碰上北洋军阀的教育部从全国几所高等师范学校里考选一批学生到香港大学去学教育。我考取了。从一九一八年到一九二二年，我就在这所英国人办的大学里学了一点教育学，但主要地还是学了英国语言和文学，以及生物学和心理学这两门自然科学的一点常识。这就奠定了我这一生教育活动和学术活动的方向。

我到香港大学后不久，就发生了五四运动，洋学堂和五四运动当然漠不相干。不过我在私塾里就酷爱梁启超的《饮冰室文集》，颇有认识新鲜事物的热望。在香港还接触到《新青年》。我看到胡适提倡白话文的文章，心里发生过很大的动荡。我始而反对，因为自己也在“桐城谬种”之列，可是不久也就转过弯来了，毅然决然地放弃了古文和文言，自己也学着写起白话来了。我在美学方面的第一篇处女作《无言之美》就是用白话文写的。写白话文时，我发现文言的修养也还有些用处，就连桐城派古文所要求的纯正简洁也还未可厚非。

香港毕业后，通过同班好友高觉敷的介绍，我结识了吴淞中国公学校长张东荪。应他的邀约，我于一九二二年夏，到吴淞中国公学中学部教英文，兼校刊《旬刊》的主编。当我的编辑助手的学生是当时还以进步面貌出现的姚梦生，即后来的姚蓬子。在吴淞时代我开始尝到复杂的阶级斗争的滋味。我听过李大钊和恽代英两先烈的讲话。由于我受到长期的封建教育和英帝国主义教育，同左派郑振铎和杨贤江，以及右派中国青年党陈启天、李璜等人都有些往来，我虽是心向进步青年却不热心于党派斗争，以为不问政治，就高人一等。江浙战争中吴淞中国公学被打垮了，我就由上海文艺界朋友夏丏尊介绍，到浙江上虞白马湖春晖中学教英文，在短短的几个月之中我结识了后来对我影响颇深的匡互生、朱自清和丰子恺几位好友。匡互生当时和无政府主义者有些往来，还和毛泽东同志同过学，因不满意春晖中学校长的专制作风，建议改革而没有被采纳，就愤而辞去教务主任职，掀起一场风潮。我同情他，跟他一起采取断然态度，离开春晖中学跑到上海去另谋生路。我和他到了上海之后，夏丏尊、章锡琛、丰子恺、周为群等，也陆续离开春晖中学赶到上海。上海方面又陆续加上叶圣陶、胡愈之、周予同、陈之佛、刘大白、夏衍几位朋友。我们成立了一个立达学会，在江湾筹办了一所立达学园。开办的宗旨是在匡互生的授意之下由我草拟后正式公布的。这个宣言提出了教育独立自由的口号，矛头直接针对着北洋军阀的专制教育。与立达学园紧密联系在一起的还有由我们筹办的开明书店和一种刊物（先叫《一般》，后改名《中学生》）。“开明”是“启蒙” 的意思，争取的对象是以中学生为主的青年一代。这家书店就是中华人民共和国成立后由叶圣陶在北京主持的青年书店，即中国青年出版社的前身。我把上海的这段经历说详细一点，因为这是我一生的一个主要转折点和后来一些活动的起点。我的大部分著述都是为青年写的，而且是由开明书店出版的。

立达学园办起来之后，我就考取安徽官费留英。一九二五年夏，我取道苏联赴英，正值苏联执行新经济政策时代，在火车上和苏联人攀谈过，在莫斯科住过豪华的欧罗巴饭店，也在烟雾弥漫、肮脏嘈杂的小酒店里喝过伏特加，啃过黑面包，留下了一些既兴奋而又不很愉快的印象。到了英国，我就进了由香港大学的苏格兰教师沈顺教授所介绍的爱丁堡大学。我选修的课程有英国文学、哲学、心理学、欧洲古代史和艺术史。令我至今怀念的导师有英国文学方面的谷里尔生教授，他是荡恩派“哲理诗”的宣扬者，对英国艾略特“近代诗派”和对理查兹派文学批评都起过显著的影响。哲学导师是侃普·斯密斯教授，研究康德哲学的权威，而教给我的却是怀疑派休谟的《自然宗教的对话》。列宁在《唯物主义和经验批判主义》里还赞许过他。美术史导师布朗老教授用幻灯来就具体艺术杰作说明艺术发展史，课程结束那一天早晨照例请全班学生们吃一餐早点。一九二九年在爱丁堡毕业后，我就转入伦敦大学的大学学院，听浅保斯教授讲莎士比亚，对他的繁琐考证和所谓“版本批评”我感到厌烦，于是把大部分工夫花在大英博物馆的阅览室里。伦敦和巴黎只隔一个海峡，所以我同时在巴黎大学注册，偶尔过海去听课，听到该校文学院长德拉库瓦教授讲《艺术心理学》，甚感兴趣，他的启发使我起念写《文艺心理学》。前此在爱丁堡大学时我在心理学研究班里宣读过一篇《悲剧的喜感》论文，颇受心理学导师竺来佛博士的嘉许，劝我以此为基础去进行较深入的研究，于是我起念要写一部《悲剧心理学》，作为博士论文。后来就离开了英国，转到莱茵河畔斯特拉斯堡大学。一则因为那是德国大诗人歌德的母校，地方比较僻静，生活较便宜；二则那地方法语和德语通用，可趁机学习对我的专科极为重要的德语。我的论文《悲剧心理学》是在该校心理学教授夏尔·布朗达尔指导之下写成和通过的。

在英法留学八年之中，听课、预备考试只是我的一小部分的工作，大部分的时间都花在大英博物馆和学校的图书馆里，一边阅读，一边写作。原因是我一直在闹穷，官费经常不发，不得不靠写作来挣稿费吃饭。同时，我也发现边阅读、边写作是一个很好的学习方法。这样学习比较容易消化，容易深入些。我的大部分中华人民共和国成立前的主要著作都是在学生时代写出的。一到英国，我就替开明书店的刊物《一般》和后来的《中学生》写稿，曾辑成《给青年的十二封信》出版。这部处女作现在看来不免有些幼稚可笑，但当时却成了一种最畅销的书，原因在我反映了当时一般青年小知识分子的心理状况。我和广大青年建立了友好关系，就从这本小册子开始。此后我写出文章不愁找不到出版处。接着我就写出了《文艺心理学》和它的缩写本《谈美》；一直是我心中主题的《诗论》，也写出初稿；并译出了我的美学思想的最初来源——克罗齐的《美学原理》。此外，我还写了一部《变态心理学派别》（开明书店）和一部《变态心理学》（商务印书馆），总结了我对变态心理学的认识。在罗素的影响之下，我还写过一部叙述符号逻辑派别的书（稿交商务印书馆，抗日战争中遭火焚掉）。这些科目在现代美学中都还在产生影响。

回国前，由旧中央研究院历史所我的一位高师同班好友徐中舒把我介绍给北京大学文学院长胡适，并且把我的《诗论》初稿交给胡适作为资历的证件。于是胡适就聘我任北大西语系教授。我除在北大西语系讲授西方名著选读和文学批评史之外，还拿《文艺心理学》和《诗论》在北大中文系和由朱自清任主任的清华大学中文系研究班开过课。后来我的留法老友徐悲鸿又约我到中央艺术学院讲了一年《文艺心理学》。

当时正逢“京派”和“海派”对垒。京派大半是文艺界旧知识分子，海派主要指左联。我由胡适约到北大，自然就成了京派人物，京派在“新月”时期最盛，自从诗人徐志摩死于飞机失事之后，就日渐衰落。胡适和杨振声等人想使京派再振作一下，就组织一个八人编委会，筹办一种《文学杂志》，编委会之中有杨振声、沈从文、周作人、俞平伯、朱自清、林徽因等人和我。他们看到我初出茅庐，不大为人所注目或容易成为靶子，就推我当主编。由胡适和王云五接洽，把新诞生的《文学杂志》交商务印书馆出版。在第一期我写了一篇发刊词，大意说在诞生中的中国新文化要走的路宜于广阔些，丰富多彩些，不宜过早地窄狭化到只准走一条路。这是我的文艺独立自由的老调。《文学杂志》尽管是京派刊物，发表的稿件并不限于京派，有不同程度左派色彩的作家们如朱自清、闻一多、冯至、李广田、何其芳、卞之琳等人，也经常出现在《文学杂志》上。杂志一出世，就成为最畅销的一种文艺刊物。尽管它只出了两期就因抗日战争爆发而停刊，至今文艺界还有不少的人记得它（不过抗战胜利后复刊，出了几期就日渐衰落了）。

抗日战争爆发后，我就应新任代理四川大学校长的张颐之约，到川大去当文学院长。刚满一年，国民党二陈派就要撤换张颐而任用他们自己的“四大金刚”之一程天放。我立即挥动“教育自由”的旗帜，掀起轰动一时的“易长风潮”。在这场斗争中我得到了中国共产党的支持，沙汀和周文对我很关心，把消息传到延安，周扬立即通过他们两人交给我一封信，约我去延安参观，我也立即回信给周扬同志说我要去。但是当时我根本没有革命的意志，国民党通过我的一些留欧好友力加劝阻，又通过现代评论派王星拱和陈西滢几位旧友把我拉到武汉大学外文系去任教授。这对我是一次惨痛的教训。意志不坚定，不但谈不上革命，就连争学术自由或文艺自由，也还是空话。到了一九四二年，由于校内有湘皖两派之争，我是皖人而和湘派较友好，王星拱就拉我当教务长来调和内讧。国民党有个老规矩，学校“长字号”人物都必须参加国民党，因此我就由反对国民党转而靠拢了国民党，成了蒋介石的“御用文人”，曾为国民党的《中央周刊》写了两年稿子，后来集成两本册子，一是《谈文学》，一是《谈修养》。

一九四九年冬，我拒绝乘蒋介石派到北京的飞机去台湾，仍留在北大。在中华人民共和国成立初思想改造阶段，我是重点对象。我受到很多教育，特别是在参加了文联和全国政协之后，经常得到机会到全国各地参观访问，拿新中国和旧中国对比，我心悦诚服地认识到社会主义是中国所能走的唯一道路。这就决定了我对一九五七年到一九六二年的全国性的美学问题讨论的态度。

我在四川时期，以重庆为抗战中基地的全国文联曾选举我为理事。中华人民共和国成立后不久我在北京恢复了文联理事的身份。在美学讨论开始前，胡乔木、邓拓、周扬和邵荃麟等同志就已分别向我打过招呼，说这次美学讨论是为澄清思想，不是要整人。我积极地投入了这场论争，不隐瞒或回避我过去的美学观点，也不轻易地接纳我认为并不正确的批判。这次美学大辩论是中华人民共和国文艺界的一件大事，就全国来说，它大大提高了文艺工作者和一般青年研究美学的兴趣和热情，就我个人来说，它帮助我认识自己过去宣扬的美学观点大半是片面唯心的。从此我开始认真钻研辩证唯物主义和历史唯物主义。为此，我在年近六十时，还抽暇把俄文学到能勉强阅读和翻译的程度。我曾精选几本马克思主义经典著作来摸索，译文看不懂的就对照四种文字的版本去琢磨原文的准确含义，对中译文的错误或欠妥处作了笔记。同时我也逐渐看到美学在我国的落后状况，参加美学论争的人往往并没有弄通马克思主义，至于资料的贫乏，对哲学史、心理学、人类学和社会学之类与美学密切相关的科学，有时甚至缺乏常识，尤其令人惊讶。因此我立志要多做一些翻译重要资料的工作。原已译过克罗齐的《美学原理》，中华人民共和国成立后又陆续译出柏拉图的《文艺对话集》、莱辛的《拉奥孔》、爱克曼辑的《歌德谈话录》以及黑格尔的《美学》三卷。此外还有些译稿或在《文艺理论译丛》中发表过，或已在“四人帮”时代丧失了。

美学讨论从一九五七年进行到一九六二年，全部发表过的文章搜集成六册《美学问题讨论集》，我自己发表的文章还另手集成一个选本，都由作家出版社出版。大约在一九六二年夏天，党中央一些领导同志在高级党校召集过一次会议，胡乔木同志就这次美学讨论作了总结性的发言，肯定了成绩，也指出了今后努力方向。会议还决定派我在高级党校讲了三个月的美学史。前此北大哲学系已成立了美学组，把我从西语系调到哲学系，替美学组训练一批美学教师，我讲的也是西方美学史。一九六二年召开的文科教材会议，决定大专院校文科逐步开设美学课，并指定我编一部《西方美学史》。于是我就在前此讲过的粗略讲义和资料译稿的基础上编出两卷《西方美学史》，一九六三年由人民文学出版社印行。“四人帮”把这部美学史打入冷宫十余年，直到一九七九年再版。在再版时，我曾把绪论和结论部分作了一些修改。这就是中华人民共和国成立后我在美学方面的主要著作，缺点仍甚多，特别是我当时思想还未解放，不敢评介我过去颇下过一些功夫的尼采和叔本华以及弗洛伊德派变态心理学，因为这几位在近代发生巨大影响的思想家在我国都戴过“反动”的帽子。“前修未密，后起转精”，这些遗漏只有待后起者来填补了。

最近几年我参加了关于形象思维的辩论，还应上海文艺出版社之约，写了一本《谈美书简》通俗小册子。不过我的中心工作还是对马克思主义经典著作的摸索。我重新试译了《费尔巴哈论纲》和《经济学－哲学手稿》中一些关键性的章节，并作了注释和评介，想借此澄清一下“异化”、实践观点、人性论和人道主义、美和美感、唯心与唯物的分别和关系等这些全世界学术界都在关心和热烈争论的问题。这些八十岁以后的译文、札记和论文都搜集在百花文艺出版社出版的《美学拾穗集》里。

今年我已开始抽暇试译维柯的《新科学》。这部著作讨论的是人类怎样从野蛮动物逐渐演变成为文明社会的人，涉及神话和宗教、家族和社会、阶级斗争观点、历史发展观点、美学与语言学的一致性以及形象思维先于抽象思维之类重要问题。全书约四十万字，希望明年内可以译完。再下一步就走着看了。需要做的工作总是做不完的。

1980年9月

目录

壹 | 人生天地间，忽如远行客

贰 | 昼短苦夜长，何不秉烛游

092

旧书之灾

——我向店主叹了一口气说："如今世界只有两种东西贱，书贱，读书人也贱！"时隔一年，今冬我逛这些旧书店，大半只是"过屠门而大嚼"，书价比去冬要高二十倍了，我买不起了。显然读书人比去年更贱了。

097

看戏与演戏——两种人生理想

——我们这样匆匆忙忙地做事，写东西，挣财产，想在永恒时间的嘲笑的静默中有一刹那使我们的声音让人可以听见，我们竟忘掉一件大事，在这件大事之中这些事只是细目，那就是生活。

114

生命

——我两次想到死，下意识中是否也有这种奢侈欲，我不敢断定。但是如今冷静地分析想死的心理，我敢说它和想长生的道理还是一样，都是对于生命的执着。

123

从"凡人皆有死"到"苏格拉底有死"

——从这个粗浅的研究看，我们可以知道历来论理学家所奉为金科玉律的三段论法是露着许多破绽的，凡是我们以为无可置疑的大道理，稍经研究，问题便会源源而来。

叁 | 相去万余里，故人心尚尔

肆 | 荡涤放情志，何为自结束

壹 | 人生天地间，忽如远行客

旅英杂谈

——英国的乞丐比较的来的雅致，有些乞丐坐在行人拥挤的街口，旁边放一块纸板，上面大半写着，“退伍军士，无工可做，要养活妻子儿女，求仁人相助！”一类的话。

一

记得美人斯蒂芬教授在他的《英伦印象记》里仿佛说过，英国大学生的学问不是从教室，而是从烟雾沉沉的吃烟室里得来的，因为教授们在安安泰泰地衔着烟斗躺在沙发椅子上的时候，才打开话匣子，让他们的思想自然流露出来。这番话固然不是毫无根据，但是对于大多数大学校中之大多数学生，这还仅是一种理想。私课制（Tuition System）固然是英国大学的一个优点，不过采行这种制度而名副其实的只有牛津剑桥一两处，就是这一两处也只有少数贵族学生能私聘教员，在课外特别指导。其余一般大学授课多只为一种有限制的公开演讲。每班学生数目常自数十人以至数百人，教员如何能把他们个个都引在吸烟室里从容讨论？好在英国几个第一流的大学所请的教授大半很有实学，平时担任钟点很少，他们的讲义确是自己研究的结果，不像一般大学教授的讲义只是一件东抄西袭的百衲衫。每科尝有所谓荣誉班（Honours Course），只有在普通班卒业而成绩最优的才得进去，所以学生人数少，和教员接洽的机会较多，荣誉班正式上课时也不似寻常班之听而弗问，往往取谈话的方式。荣誉班卒业并不背起什么博士头衔。所谓博士，其必要的条件只是在得过寻常班学位以后再住校两年，择一问题自己研究，然后做一篇勉强过得去的论文，缴若干考试费，就行了。固然也有些人真是“博”才得到这种头衔，可是不“博”而求这种头衔，似乎也并不要费什么九牛二虎之力。

二

年来国内学生入党问题，颇惹起教育界注意。我对此也曾略费思索，来英后所以特别注意他们学生和政党的关系。在中小学校，我还没有听见学生加入政党。可是在各大学里，各政党都有支部，多数学生都各有各的政党，各政党支部的名誉总理大半都是本党领袖。他们常定期举行辩论，或请本党名人演讲。有时工党与守旧党学生互举代表作联席辩论，仿佛和国会议事一般模样。英国本是一个党治的国家，党的教育所以较为重要。他们所谓党的教育不外含有两种任务：一、明了本党党纲与政策；二、练习辩论和充当领袖的能力。实际政治有他们的目前的首领去管，不用他们去参与。学校对于学生党的教育——对于一切信仰习惯——都不很干涉，因为有已成的风气在那里阴驱潜率，各政党支部都可以明张旗鼓，唯共产党还要严守秘密——英国大学校也有共产党的踪迹了。近来牛津大学有两个共产党学生暗地鼓动印度学生作独立运动，被学校知道了，校长就限他们自认以后在校内不再宣传共产，否则便请他们出校。

学生会工党学生们会议请校长收回成命，只有一百几十人赞成，占少数，没有通过。那两个学生只好去向校长声明：“我们以后三缄其口罢！”

三

初来此时，遇见东方人总觉亲热一点。有一天上文学班，去得很早，到的还寥寥，跨进门一看，就看见坐在最前排的是两个东方人。有一位是女子，向我略颔首致敬——因为知道我也是从东方来的。我就坐在她旁边那位男子的旁边。他戴了一副墨晶眼镜，仿佛在那儿有所思索，没有注意到我的样子。我就攀问道，“先生，你是从日本来的，还是从中国来的？”他说是从日本来的。以后我们就常相往来，他们有时邀我去尝日本式的很简朴的茶点，从谈话中我才知道这两位朋友经过许多悲壮的历史。

那位戴墨晶眼镜的原来是一个盲目者，而跟着他的女子就是他的妇人。她在英国是一个哑子——不能说英文。岩桥武夫君——这是他的姓名——从日本大阪跨过印度洋地中海，穿过巴黎伦敦，进了爱丁堡大学，每天由课堂跑回寓所，由寓所再跑到课堂，都是赖着他的不能说英文的妇人领着。

他生来本不盲目。到了二十岁左右时患了一种热病，病虽好而眼睛瞎了。从前他在学校里是以天才著名的，文学是他的夙好。失明以后，他就悲观厌世，有一年除夕，他在厨房里摸得一把刀子，就设法去自杀。他的母亲看见了——他是他慈母唯一的爱儿——用种种的话来劝慰他。由来世间母亲的恩爱与力量是不可抵御的，于是岩桥武夫君立刻转过念头，决计从那天起重新努力做人。他进了盲哑学校，毕业后在母校里服务过，现在来英国研究文学。

他很有些著作，最近而且最精心结构的叫作《行动的坟墓》。这个名称是用密尔敦诗中 Moving Grave 的典故。这书仿佛是他的自传。我不能读日本文，不知道它的价值。

岩桥武夫君和爱罗先珂是很好的朋友。爱罗先珂到日本，就寓在他的家里。他们都是盲目的天才，而且都抱有一种世界同仁的理想，同声相应，所以吸引到一块。日本政府怕爱罗先珂是“危险思想”的宣传者，把他驱出日本，岩桥武夫君曾抗议过，但是无效。

他的妇人原来是一个神道教信徒，前半生都费在慈善事业方面。她嫁给岩桥武夫君帮助他求学著书，纯是出于弱者的同情。岩桥武夫作文章，都是由她执笔。她对于日本文学很有研究的。

岩桥武夫是一个寒士。卖尽家产作川资，学费是由大阪每日新闻社和朋友资助的。他的老母现在还在日本开一个小纸笔店过生活。

四

一般人想象里的英国大半是一个家给人足的乐土。实际上他们能够过舒服日子的恐怕不到五分之一。能够在矿坑里捉一把锄头，在工厂里掌一个纺织机，或者在旅馆商店里充一个使役，还是叨天之庥[1]的。

1 叨天之庥：叨，tāo，庥，xiū，同叨天之幸，受到上天的特别宠幸。

许多失业的人，其生活之苦，或较中国穷人更甚。因为中国最穷的有几个铜子，便可勉强敷衍一天的肚皮。在欧洲生活程度高，几个铜子是买水就不能买火，买火就不能买水的。向来中国人自己承认对于衣食住三件，最不讲究的是住。西洋房屋建筑比中国的确实强得几倍。但是以有限资本盖房子，要好就不能多。有一天我听一位工党议员演说，攻击守旧党政府对于住室问题漠不关心。他说只就苏格兰说，二十人住一间房子的达数千家，十人住一间房子的达数万家。我初听了颇骇异。后来到穷人居的部分去看看，才晓得那位工党议员不是言之过甚。我自然不能走进他们房子里去调查。不过在很冷的冬天，他们女子们小孩子们千百成群地靠着街墙或者没精打采地流荡，大概总是因为房子里太挤的原故。西洋人以洁净著名，可是那般穷人也是脏得不堪。

英国的乞丐比较的来的雅致。有些乞丐坐在行人拥挤的街口，旁边放一块纸板，上面大半写着“退伍军士，无工可做，要养活妻子儿女，求仁人帮助！”一类的话。有些奄奄垂毙的老妇，沿街拉破烂的手琴，或者很年轻的少年手里托着帽子拖着破喉嗓子唱洋莲花落。还有一种乞丐坐在街头用五彩粉笔，在街道上画些山水人物，供行人观赏。这些人不叫乞丐，叫作“街头美术家”（Pavement Artists）。他们有些画得很好，我每每看见他们，就立刻联想到在上海看过的美术展览会。

五

要知道英国人情风俗，旁听法庭审判，可以得其大半。中国人所想得到的奸盗邪淫，他们也应有尽有。有时候法官于审问中插入几句诙谐话，很觉得逸趣横生。罪过原来是供人开玩笑的，何况文明的英国人是很欢喜开玩笑的呢？近来有一个人为着向他已离婚的妇人索还订婚戒指，打起官司来了，律师引经据典地辩论，说伊丽莎白后朝某一年有一个先例，法庭判定订婚戒指只是一种有条件的赠品。那一个法官就接着说，“那一年莎士比亚已经有十岁了。”后来那个妇人说她已经把戒指当去了。法官含笑问道，“当去了吗？好一篇浪漫史，让你糟蹋了！”英国向例，凡替罪犯向法庭取保的人应有一百镑的财产。去冬轰动一时的十二共产党审讯，其中有一个替人取保的就是鼎鼎大名的萧伯纳，法庭书记问萧氏道，“你值得一百镑么？”萧氏含笑答道，“我想我值得那么多哩。”两三个月以前，伦敦哈德公园发现一件风流案，他们也喧扰了许久。有一天哈德公园的巡警猛然地向园角绿树荫里用低微郑重的声调叫道，“你们犯了法律，到警厅去！”随着他就拘起两个人带到法庭去审问。那两个有一位是五十来岁光景的男子，他的名字叫 Sir Basil Thomson，他是一个有封爵的，他是一个著作者，他是伦敦警察总监！别的那一位是每天晚上在哈德公园闲逛的女子中之一。汤姆逊爵士说，他近来正著一本关于犯罪的书，那一晚不过是到哈德公园去搜材料，自己并没有犯罪。那位女子承认得了那位老人五个先令，法官转向汤姆逊爵士说，“你五个先令可以敷衍她，法庭可是非要五镑不可！”汤姆逊请了最著名的律师上诉，但是他终于出了五镑钱。

六

英国报纸不载中国事则已，载中国事则尽是些明讥暗讽，遇战争发生，即声声说中国已不能自己理会自己了，非得列强伸手帮助不行。遇群众运动，即指为苏俄共产党所唆使。提到冯玉祥，总暗敲几句，因为他反对外人侵略。提到香港罢工，总责备广东政府不顺他们的手。伦敦《每日电闻》驻北京的通讯员兰敦（Perceval Landon）尤其欢喜说中国坏话。英国一般民众的意见，都是在报纸上得来，所以他们头脑里的中国只是一锅糟。英国政府对待中国的政策，是外面讨好，骨子里援助军阀以延长内乱，抵制苏俄。他们现在不敢用高压手段激动中国民气，因为他们受罢工抵制的损失很不小。专就香港说，去年秋季入口货的价值 11，674，720 镑减到 5，844，743 镑；出口货价值由 8，816，357 镑减到 4，705，176 镑。总计要比向来减少一大半。听说香港政府现在已经很难支持，专赖英国政府借款以苟延残喘。如果广东人能够照现在的毅力维持到三年，香港恐怕会还到它五十年前的面目罢！

《泰晤士报》有一天载惠灵敦在北京和各界讨论庚子赔款用途，中国人士都赞成用在建筑铁路方面，不很有人主张用于教育的。听来真有些奇怪！这是北京军阀官僚作祟，还是英国人的新闻蛊惑？总而言之，中国自己在外国没有通讯社，中国的新闻全靠外国人传到外国去，外交永远难得顺手的。

七

欧战结局后，各国都把战争的罪过摆在德国人肩上，凡尔赛会议，列强居然以德国负战争之责，形诸条约明文。近来欧洲舆论逐渐变过方向。他们渐渐觉悟欧战的祸首，不能完全说是德国，而造成战前紧张空气的各国都要分担若干责任，战前欧洲形势好比箭在弦上不得不发。德国纵不开衅，战争也是必然的结局。去冬英国著名学者像罗素、萧伯纳、韦尔斯、麦克唐纳数十人共同发表了一封公开信，就是说德国不应该独负开衅的责任，而《凡尔赛条约》不公平。同时法国学者也有类似的举动。至于欧洲政治家有没有这种觉悟，我们却不敢断定。不过德国现在逐渐恢复起来了，她不受国际联盟限制军备的约束，英法各国总有些不放心，所以去冬德法英比意各国订了《洛卡罗条约》（Locaruo Protocol）主旨就在法撤鲁尔驻兵，德承认《凡尔赛条约》所划界线，以后大家互相保障不打仗，都受国际联盟的仲裁。要实行这个条约，德国自然不能不加入国际联盟，她也是一个大国，加入国际联盟，当然要和英法日意占同等位置，要在委员会里占一永久席。

可是这里狡猾的外交手段就来了。斡旋《洛卡罗条约》的人是英国外交总理张伯伦。《洛卡罗条约》成功，英国人自以为这一次在欧洲外交上做了领袖，欢喜得了不得，于是张伯伦君一跃而为张伯伦爵士。哪一家报纸不拍张伯伦爵士（Sir Chamberlain）的马屁！

谁知道张伯伦爵士落到法国白利安（Birand）的灵滑的手腕里去了！

法国很欢喜德国承认《凡尔赛条约》割地，可是不欢喜德国在国际联盟委员会里占重要位置，所以暗地设法拉波兰、西班牙，要求和德国同时得委员会永久席。白利安于是把张伯伦君——那时还是张伯伦君——请到巴黎去，七吹八弄地把张伯伦迷倒了，叫他立约援助波兰、西班牙的要求。双方都严守秘密。到了国际联盟开特别会，筹备盛典，欢迎德国加入的时候，于是波兰的要求提出来了，法国报纸众口一词地赞成波兰的要求。大家都晓得英国外交向来是取联甲抵乙的手段。波兰、西班牙以法国援助而得永久席当然以后要处处和法国一鼻孔出气，英国势力当然要减弱。况且德国看法国拉小国来抵制她，也宁愿不加入国际联盟，不愿做人家的傀儡。英国民众报纸家家都说“让德国进来以后，再商议波兰的要求罢！”可是张伯伦已经私同白利安约好了，哑子吃黄连，如何能叫苦？他们无处发气，只在报纸上埋怨白利安是滑头，张伯伦是笨伯。于是张伯伦爵士又一变而为麦息尔张伯伦（Mousieur Chamberlain，依法国人的称呼称他）。

英姿飒爽的张伯伦爵士哪里能受人这样泼冷水？他于是自告奋勇去戴罪立功，到日内瓦再出一回风头。这一次日内瓦的把戏真玩足了。英德利用瑞典叫她反对波兰加入。法国嗾[2]波兰、西班牙要求与德国同时得永久席。意大利嗾布鲁塞尔做同样要求，大家都不肯放松一点。于是德国被选为永久委员的提议就搁起到今年九月再议。最后开会，各国

2 嗾：sǒu，（1）教唆、指使别人做坏事；（2）指使狗的声音。

代表都说些维持和平、促进文化、国际亲善的话。法国白利安说得尤其漂亮，——他是最会说漂亮话的，——说法国人对德国人多么真心，德国多么伟大，将来谋国际和平，少不得德国鼎力帮助的，如此如彼地说了一大套。德国总理斯特来斯曼于是站起来感谢白利安说，“法国总理向来没有对德国说得这样好呀！”

八

二十世纪之怪杰，首推列宁，其次就要推墨索里尼（Mussolini）。墨氏起家微贱，由无赖少年而变为小学教员，由小学教员而变为流荡者，由流荡者而变为新闻记者，由新闻记者而变为法西斯（Fascists，似乎有人译作“烧炭党”）领袖，由法西斯领袖而变为意大利的笛克推多，将来他再由意大利笛克推多而变为全欧之执牛耳者，也很是意中事。

他是法西斯的创造者。法西斯主义是苏俄共产主义的反动，是极狭义的国家主义，是极端专制主义。社会本来不平等，各人应该保持原有利益，无论如何，革命是要不得的。世界尽管讲大同，意大利可是要极力提倡爱国。遇着不赞成法西斯主义的人，要用“直接行动”，所谓直接行动，就不外驱逐、暗杀。

墨索里尼说太阳从西方起山，全意大利人就不得说是从东方。意大利国会之多数法西斯，不过由五个领袖指派的。少数反对党都让他们拳打脚踢，抛出窗子外面去了。意大利著名的报纸一齐封闭起来了。反对法西斯的人物有的放逐，有的遭暗杀了。墨索里尼虽如此专制，然而意大利多数人民都承认他是继马志尼而为意大利之救星。

墨索里尼不是专横以外，别无他长。他是最著名的演说者，最能干的行政者，最伶俐的外交家。意大利本来是国际联盟一分子，但是墨索里尼现在还暗中接合南欧诸拉丁民族另外订一个联盟，以抵制英德诸国。德国近来想再和奥国联邦，墨索里尼明目张胆地说，意大利的旗帜是很容易背到北方去的，如果德奥真要打伙。

大家还不明了墨索里尼的野心吗？我还忘记说，墨索里尼每次到国会演说所穿的魁梧奇伟的军装，不是他自己的，是用重金向古董店买来的，是威廉第二的。

九

英国从小学到大学，都有不强迫的军事教育。中小学有学生军（Cadet Corps），大学有军官教练团（Officiers Training Corps）。这些团体都直接归陆军部管辖，一切费用都由政府供给。陆军部每年派员延阅一二次。各校常举行竞赛，得胜利者有重奖，大家都以为极荣耀。

这些组织与童子军完全不同。童子军的主旨在养成博爱耐苦诸精神，而学生军与军官教练团则专重军事上的知识与技能。其组织训练与军营无差别。炮、马、步、工、辎，色色俱全。他们除定期演讲军事学以外，常举行战事实习，如战斗、营造、救济等等。每年还打几次行营。欧战中，英国教员学生因为平时有这种军事训练，所以能直接赴前线应敌，可见得他们学校里的军事教育并非儿戏。

这种军事教育虽非强迫的，而政府则多方引诱学生入彀[3]。第一层，想做军官的人要持有军官教练团的甲等证书。持有乙等证书的人投军觅官也比寻常士卒有六个月的优先权。第二，学生入学生军或军官教练团，不用花钱，可以穿漂亮的军服，骑高大的军马，每年在野外打几礼拜的行营，可白吃伙食。

凡是英国学生身体强壮而愿守规则的都可以加入。外国学生绝对不得进去。印度人本名隶英籍，与英、苏、爱同处不列颠帝国徽帜之下，可是许多印度学生向学校交涉，向英政府印度事务部交涉，请求进军官教练团学习，也都被拒绝。印度学生说，“在战争中，英国以不列颠帝国国民名义拉印度人去当冲，在和平时怎么要忘记印度人也应该受同等训练？”学校当局说，“这是陆军部的事，我们不便过问。”陆军部说，“这是印度事务部的事，你们不应该直接到此地请求。”印度事务部说，“关于军事，印度事务部管不到。”于是印度学生只好叹口气就默尔而息了。

十

西方人种族观念最深。在国际政治外交方面，拉丁民族国家与条顿民族国家之接合排挤的痕迹固甚显然；而只就英伦三岛说，爱尔兰固以种族宗教的关系而独立自由了，就是苏格兰与英格兰在政治上虽属一

3 彀：gòu，张满弓。

国，而地方风气与人民癖性都各不同。苏格兰自有特别法律，自有特别宗教，自有特别教育系统。苏格兰人民没有自称为英国人的。假若遇见一个地方主义很深的苏格兰人，你问他是否英国人，他一定不欢喜地回答说，“不是，我生在苏格兰，我长在苏格兰，我是一个苏格兰人。”有一次我听一位阁员在爱丁堡演说，津津说明英苏之不宜分立。苏格兰与英格兰合并已三百多年了,现在还有把合并的理由向民众宣传之必要，可见得这两个地方的人民还是貌合神离了。

苏格兰人似我们的北方人，比较南方的英格兰人似乎诚实厚重些。相传爱尔兰人最滑稽。有一次一个英格兰人和一个苏格兰人在爱尔兰游历，看见路上有一个招牌说，“不识字者如果要问路，可到对面铁匠铺子里去。”那位英格兰人捧腹大笑，而苏格兰人则莫名其妙。他回到寓所想了一夜，第二天很高兴地向英格兰人说，“我现在知道昨天看的招牌实在是可笑。假如铁匠不在铺子里，还是没有地方可以问路呀！”这个故事自然未免言之过甚，但是苏格兰人之比较的老实，可见一斑了。

十一

一国的文化程度的高低，可以从民众娱乐品测量得出来。中国民众的趣味太低，烟酒牌骰娼妓皮黄戏以外别无娱乐，自是一件不体面的事，可是西方人虽素以善于娱乐著名，而考其实际，和中国人也不过是鲁卫之政[4]，他们上等社会中固然不乏含有艺术意味的娱乐，但是这占极少数，而大多数民众也只求落得一个快乐，顾不到什么雅俗。在他们的街上走，五步就是一个纸烟店或糖果店，十步就是一个烧酒店或影戏院。糖果店是女子们小孩们最欢喜照顾的，每家糖果店门前，像装饰品店门前一样，总常有女子们小孩们看着奇形异彩的糖果发呆。他们的腰包也许不十分充裕，不过站着看看也了却不少心愿。烟酒是无分等级老幼，都是普通嗜好。就是女子们抽烟喝酒也并不稀奇。他们的酒店，只卖酒不卖下酒品。吃酒的人只站在柜台前，一灌而尽。在街上碰着醉汉是一件常事。影戏院的生意更好。失业者每礼拜只能向政府领五先令养活夫妻儿女，饭可以不吃，影戏却不能不看。影戏院所演的片子都不外恋爱侦探的故事，只能开一时之心火，决谈不上艺术价值。戏院是比较体面的人们所光顾的。可是所演戏剧大半是些诙谐作品，杂以半裸体的跳舞。像萧伯纳、高尔斯华绥的作品是不常扮演的。

礼拜六晚，大家刚卸下六天的苦工，准备明天安息，是最放肆的一晚。娱乐场的生意在这一晚特别发达。青年男女们大半都聚在汗气脂粉气混成一团的跳舞场里，从午后七八点跳到夜间一两点钟。夜深人静了，他们才东西分散，回去倒在床上略闭眼蒙眬过，便到了礼拜上午，于是又起来打扮，到礼拜堂去听牧师演讲“礼拜日的道德（Sunday

4 鲁卫之政：比喻情况相同或相似。语出《论语·子路》：“鲁卫之政，兄弟也。”鲁是周朝周公的封国，卫是周公之弟康叔的封国，两国的政治情况也像兄弟一样差不多。

Morality）”。

这便是英国民众的娱乐。说抽象一点，他们的低等欲望很强烈，寻不着正当刺激，于是不得不求之于烟、于酒、于影戏院、于跳舞场。你说这是他们善于娱乐的表现，自无不可。然而你说这是文化之病征，也不见得大背于真理。

十 二

狄更生（Louis Dickinson）在他的《东方文化》里面仿佛说过，印度人受英国人统治是人类一个顶大的滑稽（Irony），因为世界最没有能力了解印度文化的莫如英国人。狄更生自己也是一个英国人，能够有这种卓见，真是难能可贵。英国本也有它的特殊文化，可是从社会里没有看到这种文化所生的效果，我们不能不感叹三四千年佛化的领域逐渐为盎格鲁-撒克逊颜色所污染，总是现代人类的一个奇耻大辱。

印度人在他们自己的国土以内受如何待遇，我是不知道的。印度学生在英国所受的待遇，我却见闻一二。他们本是英籍人民（British Subjects），照理应与英国学生受同等待遇。不过我听见印度学生学医的说，他们简直没有机会在医院里临诊，学工的说，他们也难找得工场去实习。大学里军官教练团，绝对不允许他们进去的。最不公平的就是许多跳舞场都不卖票给印度学生。有一位印度女生住在大学女生宿舍里三四年之久，同住的人很少肯同她谈话。英国人心目中怎样看印度人，不难想见了。

印度学生自然也有许多败类。有许多学生因为受了英国教育的影响，其最大目的只在学一种技艺将来可以在英国人脚下寻一个饭碗。我曾经遇见一个学文学的印度学生，问他欢喜泰戈尔的诗不？他答得很简单："我没有读过。"有一次，一个印度学生在会场里问我："中国到底还有政府吗？"我听见了，心里替他感伤比替自己感伤还要厉害。

但是印度是一个伟大的民族，她的伟大在异族凌虐的轭下还没有完全沉没，许多印度学生天资都很聪明，他们的国家思想也很浓厚。红头巾下那一副黑大沉着的面孔含有无限伤感，也含有无限抵抗的毅力。

拜伦诗人因为景仰希腊文艺，在土耳其侵犯希腊时，他立刻抛开他的稿本，提刀帮助希腊人抵御土耳其。偶尔想到先贤的风徽，胸中填了满腔的惭愧！

十 三

有许多名著，初读之往往大失所望。我读莎士比亚的《哈姆雷特》，曾经开卷数次，每次都是半途而废。最后，好容易把它读完了，可是所得的印象非常稀薄。莎翁号称近代第一大剧家，而《哈姆雷特》又是他的第一部杰作，可是一眼看去，除着几段独语以外，实无若何奇特。读莎翁著作的人们大概常有同样感想。

近来看过名角福兰般生（Sir Frank Benson）排演这本悲剧，我才逐渐领略它的好处。福兰般生自己扮鬼，而扮哈姆雷特的则为菲列浦。本来近日英国剧场最流行的是谐剧。表演莎士比亚的剧时，观者人数寥寥。

在萧疏冷落的场中，剧中所呈现的种种人世悲欢，乃益如梦境。到兴酣局紧时，邻座女子至于歔欷呜咽，这本戏动人的力量可以想见了。

拿剧本当作一部书读，根本就大错特错。读莎氏剧本而不能领略其美的人，大半都误在专从文字着眼，而没有注意到言外之意。戏剧的优劣决不能专从文字方面判定。比方王尔德的剧本，把它当着书读，多么流利生动。可是在剧台表演起来，便成了一种谈话会，好像出了气的烧酒，索然无味。洪深君所改译扮演的《少奶奶的扇子》是一个难能可贵的成功，我看过原剧，还不如改译扮演的生动。

莎氏剧本不易领会，还另有一层原因。大半读文学作品的人常有一种怪脾气，总欢喜问："这本作品主义在什么地方？"他们在莎氏剧本中寻不出主义，便以为这无异于寻不出价值。这是"法利赛人"的见解。艺术的使命在表现人生与自然，愈客观，则愈逼真。把作者自己的主义加入以渲染一切，总不免流于浅狭。我们绝对不可以拿易卜生作标准去测量莎士比亚。易卜生是一位天才，学他以戏剧宣传主义的人，总不免画虎类狗。

易卜生太注重主义，所以他的剧本太缺少动作。他不同于——我不敢一定说他比不上——莎士比亚的就在此。可是有一点易卜生与莎氏相同而为王尔德一般人所望尘莫及的。他们表现性格，都能藏锋潜转。什么叫作藏锋潜转呢？就是在规定时间以内，主要角色的性格常经过剧烈变动。这种变动含有内在的必然性（Inner-necessity），在明文中只偶一露出线索。粗心地看去，常使人觉得剧中主角何以突然发生某种行动，与原委不相称。可是仔细看去，便能发见这种变动在事前处处都藏有线索的。看娜拉对她丈夫的态度变迁，哈姆雷特对他爱人奥菲利雅的态度变迁，便会明白这个道理。

我们不能把《哈姆雷特》当作一本书读，也不能把它只当作一本戏看。《哈姆雷特》是一部悲剧，而上品的悲剧都是上品的诗。看《哈姆雷特》不能看出诗意来，便完全没有领会得这本悲剧的美。哈姆雷特的独语，都是好诗，自不消说。其他如鬼的现形、奥菲利雅的病狂、掘圹[5]者的谈话，哈姆雷特的死，那几段多么耐人寻味！

莎翁剧本里面无主义，无宗教。怪不得托尔斯泰研究了几十年，而最后评语只是莎翁徒虚誉，实无所有，我虽景仰托尔斯泰，然而说到莎士比亚，我比较相信歌德。著《维特》的人自然比较任何人都更了解《哈姆雷特》，因为这两本书不都是替天下无数的少年说出了说不出的衷曲吗？（我没有看过田汉君的译文，但是我以为形骸可译而精神是不可译的。）

十 四

莎士比亚的故居在埃文河上之斯特拉特福镇[6]（Stratford upon Avon）。

5 圹：kuàng，墓穴。

6 斯特拉特福（Stratford upon Avon）坐落于埃文河畔，又名“艾冯河畔斯特拉特福”，这座优雅美丽的城市是英格兰最伟大的剧作家莎士比亚的故乡，也是皇家莎士比亚剧团的诞生地。

这个镇上有一个很大的戏园，专是为纪念他而建筑的。今年这个戏园被火烧了。他们现在募金，预备建筑一个规模更大的戏园。

莎翁的生日为 4 月 23 日。每年逢到这天，英国人士在斯特拉特福镇举行庆祝盛典，凡在英国的外国公使及著名人物大概都来与会。今年是莎翁的第三百六十二周年纪念。因为筹备新戏园的缘故，特别热闹。向例，在这天行礼的时候，各国公使都把本国国旗张开以表敬意。这次当苏俄红旗张开时，群众中有许多叫“羞”的，从此可见得英人排俄的剧烈了。原来在未开会之前，就有许多人提议不准俄使列席，不准张俄国旗，这个消息早就登在伦敦各报上，俄使自然看过。可是俄使麦斯克置若罔闻，临时还是赴会。他所携的花圈上特别系一条很长的红绢，表示苏俄的颜色。这本是一件小事，但是可以见出英国人的气量。不知莎翁如果有灵，应该作何感想？在我看来，英国人向来可以自豪的似乎都逐渐成为历史了。

（载《一般》第 1 卷第 1 期，1926 年 9 月，第 2 期，1926 年 10 月）

英法留学的情形

——法国大学是集中的，名教授大半都在巴黎。英国则不然，每个大学都有一两个好教授，每个大学也都有几个不中用的教授。

薰宇、光焘二兄：

朋友们常来信询留学英法的情形，我每因课忙，不能详细答复他们。现在趁答复你二位的机会，稍将入学手续及用费说详细一点，望载《一般》，免得我以后回朋友们的信，将这一套话说而又说。

英国各大学情形不一。说笼统一点，英国大学可分为四组。第一组为牛津剑桥，牛津以古典著名，剑桥以历史自然科学等科著名。这两校都分成若干 Colleges，大半各有寄宿舍。他们饮食起居都比较的讲究，他们的目的第一不在读书而在养成英国人所谓 Gentlemen，入学考试和学位考试都不过难。用费每年约在四百镑左右。听说他们也有不住校的学生，但寄宿舍也须由学校指定，用费也便宜不了多少。

第二组为中部曼彻斯特、伯明翰、利兹、利物浦、谢菲尔德诸大学。他们学则都相同，所以考进此校以后，可转入彼校。曼彻斯特和伯明翰都以机械工程和电科著名，利兹以染织著名，谢菲尔德以钢铁科著名，中国学生有高中卒业文凭或大学修业文凭而英文程度能听讲记笔记者即可应试。生活用费大约以每年一百五十镑至二百五十镑为度。

第三组为苏格兰的爱丁堡、格拉斯哥、圣安得烈、阿伯丁诸大学，这几个大学的学则也是一致的，爱丁堡以医科和文科著名，格拉斯哥以工程著名。入学手续和生活用费与中部诸大学略同。

第四组为伦敦大学的各 colleges。这是一个新大学，入学考试和学位考试在英国算是最难的。中国学生在伦敦的最多，可是真做正式学生的甚少。伦敦大学的政治经济学院，在英国要算最好的，医科和文科也还不差。用费与第二组第三组诸大学略等。能够节省的每年有一百五六十镑也就可勉强支持了。

法国大学是集中的，名教授大半都在巴黎。英国则不然，每个大学都有一两个好教授，每个大学也都有许多不中用的教授。所以到英国进大学，第一个问题不是哪一个学校最好，是哪一个学校有对于我的学科确有研究的名教授。

关于用费，我还可以就自己的经验说详细一点。我每年缴学费约二十镑，我住在一个人家，每礼拜给宿膳费两镑左右。零用极有限。大约每月两三镑钱也就够了，我在伦敦也住过几天，看那边情形和爱丁堡也差不多。

法国方面我只知道巴黎。上面说过，法国有名教授都在巴黎，如果到法国进大学，除着应用学科以外，总以巴黎为最好。巴黎大学入学无须试验，只要一张中学毕业文凭就行了。学政治外交的人多进巴黎的政治科学院而不进巴黎大学。这个学院听说要经过考试的。

英国各校的生活用费相差都不甚远，法国就不然，你要过富的生活固有富的生活过，你如果要过穷的生活也有穷的生活过。我最好举几个实例：

（1）一位朋友住在大学区的旅馆里每月房金约五百法郎。每日赴中国饭馆吃饭也每月约花五百法郎。

（2）一位朋友住在巴黎一个Pension[7]里，每月膳宿费共九百法郎。

（3）我自己住巴黎近郊一个人家，每月膳宿六百法郎。

（4）一位四川李君在巴黎近郊租了三间房子，每年房租仅一千多法郎（约国币百元）。他们两人同住，自己造饭，每月每人只花二三百法郎。

（5）还有许多勤工俭学生们，既不勤工，又不俭学，家里没有钱接济，也居然一住就是六七年的。想来他们对于生活，有更巧妙的方法，可惜我不得而知。

（6）法国的中学既好而又便宜，有一位朋友住枫丹白露中学，每季三月仅缴费一千零几法郎，不特膳宿都在内，就是洗衣理发看戏等等也由学校给钱。

初到法国来的，法文程度大半差得太远。补习有两条路可走。年纪轻的最好进中学预备两三年，不特法文可学好，而其他功课亦可同时

7 Pension：寄宿学校。

兼修。我想没有法文根基而略通英文的人，至少要用十几个月预备法文，才能进巴黎大学听课。

在法国的学生们真能读书的很少。巴黎和里昂的恶影响的引诱都太大，我劝学问没有根基的人莫轻于到外国来留学。如果在外国可久住，最好能从中学入手，把根基树好。如不能在外国进中学，则最少须在本国大学毕业，到外国来读书，才能得益。

课忙草此，粗率万分，诸希谅宥。

弟潜

（载《一般》第5卷第2期，1928年6月）

谈出洋留学

——一般人骂博士个个是饭桶，当然未免诬枉了许多高明。世间有不是饭桶的“白丁”，自然也就有不是饭桶的博士。

留学制在中国已有五十年以上的历史了，它的成效何如呢？要求高深学问还是要到欧美去，需要较专门的人才还是要到外国去聘请，以所失较所得，我们不能不承认留学制的失败。

留学制何以失败呢？

先从留学生说起。从前出国读书者大半先已受过本国大学教育。现在“出洋热”流行，大学毕业生固然视欧美以外没有够教他的教员，就是中学生也鄙视本国大学，想出去尝尝黄油面包的滋味。这般人一出国就觉到两种困难。第一种困难是语言上无充分预备。到法国的学生有许多人还须从法文字母学起。到英国的学生，以我这几年的观察来说，英文说得上口的也寥寥有数。他们出国之后，至少还要费一两年工夫补习，才可以完全听讲。再费一两年工夫，才可以在课堂中写笔记。尽管在外国人面前自称某某大学教授，上起课来有许多人依然是瞪着大眼睛呆望着。言语之外还另有一种困难，就是学科程度的不衔接。所谓不衔接也有两种原因。第一种原因在中国学校与外国学校的制度不同。在中国学的功课到外国有许多不适用，在外国需要的功课在中国又往往没有学过。第二种原因在中国学校和外国学校的程度的差别。一般中国学校比一般外国学校程度较浅，这是无用讳言的。尤其在近年以来，国内学生浮浅的风气太甚，读书多不切实，尽管学到很高深的地方而基本知识还是缺乏。比如没有丝毫科学根底的人，到外国就学哲学，没有经济学根底的人，到外国就做关于经济学的博士论文，这是常见的事。

总而言之，留学生初到外国，大半对于语言和基本学问两项都无充分的准备。这般学生出国之后怎么样办呢？上焉者着手补习语言，补习基本科学，然后循序上进，这在一百人之中顶多有两三人而已；中焉者极力求速成，马上就入大学旁听，或是请求做博士候补；下焉者知难而退，整日里在咖啡馆和跳舞室里将他父亲或是小百姓用心血挣来的钱乱花一阵。三年五年之后，这般“留学生”荣归，上海报纸教育栏中吹得天花乱坠矣。

再说进大学。在多数外国大学里，有中国中学毕业文凭者就可以报考入大学正科，有大学毕业文凭者就可请求做博士候补。考而不取和请而不准者都得一律做旁听生。不消说得，十人之中就有九个是旁听。旁听生和正式生之中俨然有一种“阶级意识”。正式生斜着眼角看旁听生，心里想：“你这般没有资格读学位挂名鬼混的！”旁听生也大发议论：“读书要求实学，你这般人还没脱除科举迷！”

这两派话都有道理。无论如何，留学生不是学普通科者，就是专门研究者。平心而论，比较切实的还是做正式生学普通科的学生，他们虽然天天要啃讲义课本，可是啃进去一点就算一点，啃到三年五年，基本学问总可以勉强过得去。倘若他们能进一步做专门研究的工作，成绩一定很可观；但是多数人不是苦经济不凑，就是苦时期太长，在普通科毕业以后，就要束装归国了。这一类成绩最好的学生也只能学得普通科学。普通科学在国内大学何尝不可学，何以一定要远涉重洋呢？

报考博士又怎么样呢？一般人骂博士个个是饭桶，当然未免诬枉了许多高明。世间有不是饭桶的“白丁”，自然也就有不是饭桶的博士。不过博士学位在外国也并没有什么了不起。到剑桥大学里考一个哲学博士还比考一个文学学士容易，在爱丁堡大学里考一个哲学博士还比考一个教育学学士容易。在国内大学毕业，初出国就马上请求做博士候补，实在是一件最不上算的事。第一层，国内大学程度较外国稍低，我们前已说过，一般大学生在基本学问还没有充分的预备。说不上专门研究。比如在国内学过一点哲学的人到外国来还够不上做关于哲学问题的博士论文，余类推。第二层，博士论文的题材大半很窄狭。在基本学问无充分预备时，就在狭小范围之内搜材料，抄书籍，决不能有多大成就。留学生有一种坏脾气，在中国时欢喜拿外国东西骗中国人，在外国时欢喜拿中国东西骗外国人。做博士论文的有几位不是拿中国古色斑斑的东西做题材？比如费两三年工夫在外国图书馆搜集“商鞅理财”或是“墨子哲学”的材料，论文成矣，博士到手矣，何补于学问之大？

国外生活也是讨论留学问题所必注意的。留学生在国外往往有两重隔阂，一重是和国内社会情形的隔阂，一重是和国外社会内层的隔阂。渴望留学的人们大半把外国看作世外桃源，以为物质丰富，理乱不闻，大可优游岁月，但是一出国境，十人就有九人大失所望。外国的天也还是和中国的天一样空空洞洞的，外国的地还是有牛溲马粪，而中国人眼中的外国人，或者外国人眼中的中国人，却都有些异样。就是老留学生也很少有人能钻进他们社会的内层去看看其中底细的。除着每天和房东老太婆下几句关于天气的评语以外，简直很少有社交的机会。比如巴黎的拉丁区差不多还是一个中国世界，大家天天吃的是中国饭，见的是中国人，说的是中国话。这种隔阂一大半固然由于中国人不善利用机会，也有一半因为黄面孔的缘故。外国人见着中国学生第一句便是："先生从日本来的吧？""不，我是中国人。"接着就是"O，I see."他说他"知道了"，他知道的是什么？

和国内的隔阂也并不如一般所见的那样不关紧要。在外国不知道本国情形和需要，读书有些像闭户造车，固不用说，尤其难堪的是国外的枯寂生活。你是一个用功的吧，你的行迹天天在寓所、学校、饭店三个地方循环转；你是一个不用功的吧，咖啡馆和跳舞室也有时惹你厌闷。这种枯寂生活对于性格和身体的坏影响，稍知心理学和生理学的人们都知道的。中国人本已够颓唐，留学三年，面上至少要添三分暮气。这种危险，送子弟出洋的父兄曾经有人顾虑过么？在国内时，你觉得乌烟瘴气的中国使你讨嫌，到国外住过几年，天天对着陌生的面孔嚼白水煮番薯牛肉，回想中国酒楼茶馆的风味，你才健羡[8]国内的朋友们享清福呢！

8　健羡：非常仰慕，羡慕。

再谈回国以后，中国社会有一种很怪的现状，要说没有人才吧，许多人没有事做，要说没有事做吧，许多事又没有人做。这种怪现象一半由于国内教育制度的不良，一半也是留学制的流弊。日本送学生出洋，人半先有某机关缺乏某项人才，才派人出国留学。留学生口袋里带着一大卷问题，在国外找得答案了，回国后马上就应用他的所学。中国却不然。今天有几个人空口提倡实业，于是留学生人人去学化学物理，明天有几个学政治经济的学生做了大官，于是留学生人人去学政治经济。他们根本就没有明白国内真正的需要，后来国内自然不需要他们。不需要他们，而他们还是要吃饭的，怎么办呢？学政治经济者无官可做，去教书；学物理化学者无工可做，去做官。这样牛头配马嘴，于是才有现在“用非所学，学非所用”的怪现象。

还不仅此。各国教育都是适应国情的。需要不同，教育也因之而异。因此，在外国大学学得的东西不一定能拿到中国应用；中国所特别需要的东西也不一定可以在外国大学里学得来。比如目前中国还是一个农业的国家，中国的天气、土壤和物种都是特殊的，要改良中国农业，到外国大学去问津，是无补于事的。再比如英国法律向重成例，中国学生在英国学的法律能拿到中国法庭去应用么？我知道一位朋友，在德国学医学，专门研究食物在肠胃中所起的化学变化，回到中国去，还只是做一个普通的医生，而他所最擅长的那一点东西却没有用处。这些实例都可以证明中国的需要和外国大学的供给的常常不能碰头的。

舍做事而言继续研究，情形又如何呢？在外国一般大学生所学的大半还是很普通的科目，说不上专门研究。真正研究的工作还是在当大学教授或是在工厂服务之后才起始。他们把学问当作终身事业，所以各科学问进步才如此之快。中国人以为一种学问在三年五年之内就可以学成的，把打根基的学生时期误认为研究时期，把真正的研究时期认为坐享其成的时期，所以留学生“饱学归来”之后，就什么事都完了。研究设备不完善自然是一大障碍，然而这种障碍并非绝对不可打破的。有研究的热忱，然后研究的设备自然会跟着来。没有研究的热忱，就是买几架仪器也终于是生灰上锈的。国内何以没有研究的热忱呢？有些朋友要归咎风气。风气又何以会如此呢？

这里我们要揭出留学制的致命伤了。

有需要而后有供给，某项货物销路愈广，工厂制造该项货物也就愈起劲，倘若它滞销，工厂也自然不去再制造。许多人都说，国内大学不好，研究设备不完善，所以求高深学问要到外国去。其实这是一句倒果为因的话，我们应该说，求学问要到外国去，所以国内大学才不能好，研究设备才不完善。这也和国人倚赖洋货，国货不畅销，因而不能改良，同一道理。我们最大的劣根性是懒，可倚赖外人一日就倚赖外人一日，不肯自己去担烦难。大学办好有何用？反正中学毕业的就要向外国跑；设备又何必扩充？反正扩充到外国大学里那样完美要够你费些时日。多一事不如省一事，于是到外国求学者愈多，国内大学愈不振作；国内大学愈不振作，求学者愈要到外国去，因此，不但是借锅煮饭的办法不能取消，而留学生回国之后，也苦无研究高深学问的风气，一曝十寒，于是硕士博士之流冷冰冰矣！

流弊还不仅此。因有留学制，中国学制整个的变成寄生的。中国学制最大的弊病，就是每阶段都是一种预备工作，不能独立应用。小学毕业无用，小学的唯一用处，在预备升中学；中学毕业还是无用，中学的唯一用处，在预备升大学；大学毕业还是无用，于是中国各大学变成欧美各大学的预备学校。因此，中国教育系统整个的挂在外国教育系统之下。这种寄生的怪现象在语言方面最容易看出。由小学中学毕业者百人中有几个用得着外国文？而外国文在小学和中学中却占最重要位置。在这门功课上普通学生最少要费三分之一的时光，而出校门之后，仍是不能应用。在英国大学里上法文课，教员还是说英文，在法国大学里上英文课，教员还是说法文，而在中国不特在大学里教英文就是说英文，在中学里教英文也还是要说英文。课本也是如此，英文固不用说，物理化学数学等科课本也还是用英文。物理化学教员尽管让学生不懂，可是不能不用外国文课本，而且不能不说几句破烂的外国话。天下事之奇莫奇于此矣！请问何以有这种怪现象？一言以蔽之，留学生的偷懒和掩丑。在国外囫囵地吞进来，在国内还是囫囵地吐出去。

总观上列各种弊病，留学制应受限制，自无疑义了。我说“限制”，并非要完全停止。派遣留学也并非是中国的创举，近如日本，远如欧美，也都有留学的办法。他们的留学目的一方面固在往最适宜的地方去研究一种学问，而同时也在观察邻国的某种学问已进步到某种程度。中国就是到学术独立时，派遣留学也仍然不能废止。不过我们只应该把留学当作一种补充，而大多数人却应在国内得到研究专门学问的机会。我们应该把重心移转过来，从前研究专门学问的重心在外国，以后我们应该把它移转到本国来。

派遣留学是一件最不经济的事。中国留学生现在在美国和法国者各约二千人。在其他欧洲各国者约一千人，在日本者尚不知其数。姑且以五千人为最低数目，假定每人每年平均须费二千元，五千人每年就要一千万元。以千万元的半数来在国内扩充研究设备，我相信五十年的成绩一定要比已往五十年的留学成绩加倍。有人说，现在我们苦于没有可指导研究专门学问的人才，在国内研究专门学问终是难事。其实在青黄不接之际，我们不妨延聘外国教授。以五名留学生的官费就可以延聘一个外国教员来教五十人乃至于五百人，这个算盘我们何以不会打呢？我不相信一切研究院在中国都要变成养老院，中国地质调查所和生物研究社的成绩已渐惹世人注意，即是一个显证。

有人说，限制留学只能影响到官费生，而官费生为数甚微，所以终难铲除留学的积弊。其实这也不然。近年来许多人拿私费出去留学，完全是迫于一种坏风气。留学生在国内已成了一种特殊阶级，仿佛已造成一种很稳固的势力圈，把一切肥缺优差都垄断起来了。许多人要钻进这个势力圈去受社会的较优待遇，所以欢喜留学，而留学又欢喜挣头衔。这种局面是急应打破的。打破这种局面要各方面同时努力。一方面政府和社会对于国内学生和留学生都要平等待遇。应该以实学做任事报酬的标准，不应该只问头衔。一方面留学生自己也应该趁早觉悟。出来宣传宣传留学的丑。现在一般人也明知留学生的招牌是一只纸糊灯笼，不过留学生自己不肯去戳破，一般人不敢去戳破，所以它还能苟延残喘。但是这种招牌，像庚子前中国的臭架子一样，终于是要打破的。这种局面改变了，同时国内研究的设备又因需要增加而增加，中国人都很吝啬，自然也不像现在这样踊跃送钱到外国去花了。

留学究竟应该如何限制呢？详细的办法应该顾到各时各地的特殊需要，这里只能提出两个普遍的原则。

一、派遣留学应该偏重专门技艺。我并非看轻西方的“精神文明”，不过我以为社会科学、纯粹科学、哲学、文学之类，只要书籍稍完备，就可以在国内研究。学这些学问，在国内是抱书本子，在外国也还不过是抱书本子，我们又何必定要到外国去呢？我也知道实地观察很重要，不过实际上到了外国能够仔细观察的人是极寥寥有数的。我们所遇见的留英留法的学生有过半数是学政治经济的，问他们读些什么书，也还不过是几部普通名著。在书本上研究较专门的问题还谈不到，何况去实地找材料呢？有人说，这是留学制的流弊，并不是它本身坏，这也是书生之见。一个制度有流弊时，它本身也就有毛病，不然，它就不会有流弊的。

二、派遣留学应该先着眼到目前需要。有某种机关缺乏某种人才时，然后才派学生去留学，学成之后即回该机关服务。这是日本的办法。照这样办，才可以免去“学非所用，用非所学”的流弊。

（载《中学生》第 7 期，1930 年 8 月）

爱丁堡大学中国学生生活概况

——凡是新生初来爱丁堡时，来自侨属者多依附华侨老学生，来自本部者多依附本部老学生。从此本部老学生和华侨老学生成了磁石的正负两极，各吸收各的同气了。

中国留英学生，以数目论，伦敦最多，其次就要推爱丁堡。目前爱丁堡各科中国学生共有四十余人之多，此四十余人中华侨学生占三分之二，真从中国本部来者仅十余人，华侨学生大半学医科，本部学生大半学文科。

就团体生活说，爱丁堡中国学生所感触最大的困难——也许是全英中国学生所感触最大的困难——就是中国内部学生和华侨学生似乎在无形中分成两个团体。比方中国学生会是任何中国学生都可以进去而且都应该进去的，可是在实际上中国本部学生加入的人为数甚属寥寥。此中原因并非由于双方有何误解或恶意。私人方面本部学生和华侨学生也有彼此感情甚融洽的。只是就全体论，这两部学生未免太少接触，而所以太少接触的原因实在语言，华侨学生大半不能通中国话，而本部学生大半不能说流利的英语。因此，凡是新生初来爱丁堡时，来自侨属者多依附华侨老学生，来自本部者多依附本部老学生。从此本部老学生和华侨老学生成了磁石的正负两极，各吸收各的同气了。

两方面都感觉到这种隔阂应该打破，而所以终于不能打破者，两方面都各有不是之处。华侨方面人数最多，关于团体事件，偶不免忽略本部少数学生意见，这是难免的，而自本部学生观之，则未免近于专擅。本部学生对于侨属同胞理应极力结纳，而实际上因言语习惯关系，或不免偶存歧视，这也是难免的，而自华侨学生观之，则觉本部学生似乎把自己看成外人了。通盘计算，记者颇以为本部学生负责较大。华侨学生生于外国，长于外国，多数都还能关心祖国休戚，总算难能可贵，本部学生应该极力不使他们觉得被同胞歧视才好。

爱丁堡旧为苏格兰首都，现在只是一个教育中心，没有黑气冲天的烟囱，也没有琳琅夺目的珠宝店。虽说是一个城市，热闹还不如南京，居城而有乡村风味，则和南京很类似。天气好的时候，你如果想到乡下或海边走一遭，费半点钟也就到了。大学没有男生寄宿舍。大家都自觅居寓。生活程度和伦敦大相仿佛，大约每礼拜膳宿费约需两镑至三镑之谱。女生另有寄宿舍。现在中国女生只有吉林韩女士一人。听说女生寄宿舍的生活也很舒适。

学校功课很忙，考试也很严，大家大部分的精力都费在听讲读书方面。学校中团体生活的机会甚多，而能不能利用这些机会则因人而异。团体组织，关于学术的有各种学会和辩论会，关于社交的有学生会及其附属的种种团体，关于运动的有各种球队及运动队。凡是正式学生大概都可以加入。本来英国大学教育把公共生活比做学问看得还重要。爱丁堡像一般不住宿的英国大学，对于公共生活一层视牛津、剑桥微有缺憾，然而公共生活的机会总算很多。中国学生来此者往往因过重读书而忽略公共生活，这也是一大缺点。我说过重读书，是指大多数而论，自然也有人不上课而天天去光顾咖啡馆、影剧园和 Palais de Danse[9] 的。

在爱丁堡的中国学生和当地人民感情还算融洽，由中国传教或通商转来的人对于中国学生尤其殷勤。春秋佳日，他们尝裁柬相邀，虽然供奉的只是一杯例茶，而客中有此点缀，正可大破岑寂。爱丁堡又有一国际俱乐部，其中会员有三百余人，代表三十几个国家，中国学生参加的也颇不少。这个俱乐部的用意是给外国人和本地人以联络感情的机会。每月举行二三次茶话会或音乐会。

就目前说，爱丁堡的中国学生对于学校生活，大致都还满意。同时，他们也自觉有下列两种缺点：

（一）大多数人偏重读书，不能尽量利用可享的机会去受英国大学所最重视的公共生活之利益。这个缺点的原因在语言的欠缺，而结果则为大家所公认的留英学生的沉闷。

（二）中国本部学生与华侨学生接洽过少，以致无形中分成两个

9 Palais de Danse：特别豪华的舞厅。

团体。这是理不应然的。现在他们也很想自己极力纠正这两个缺点，而且很自信这两个缺点都是有纠正之可能性的。

最后，他们向将来而未来的同学表示极诚挚的欢迎；他们更希望传话于毕业归国的旧同学，雅特王座的山光和波特白罗的海水，比前越发清丽明媚！

（载《留英学报》第1期，1927年10月）

谈在卢佛尔宫[10]所得的一个感想

——那群肥硕颈项胖乳房的人们照例露出几分惊奇的面孔，说出几个处处用得着的赞美的形容词，不到三分钟又蜂拥而去了。

朋友：

去夏访巴黎卢佛尔宫，得摩挲《蒙娜丽莎》肖像的原迹，这是我生平一件最快意的事。凡是第一流美术作品都能使人在微尘中见出大千，在刹那中见出终古。雷阿那多·达·芬奇（Leonardo da Vinci）[11]的这幅半身美人肖像纵横都不过十几寸，可是它的意蕴多么深广！佩特（Walter Pater）在《文艺复兴论》里说希腊、罗马和中世纪的特殊精神都在这一幅画里表现无遗。我虽然不知道佩特所谓希腊的生气、罗马的淫欲和中世纪的神秘是什么一回事，可是从那轻盈笑靥里我仿佛窥透人世的欢爱和人世的罪孽。虽则见欢爱而无留恋，虽则见罪孽而无畏惧。一切希冀和畏避的念头在霎时间都涣然冰释，只游心于和谐静穆的意境。这种境界我在贝多芬乐曲里，在《密罗斯爱神》雕像[12]里，在《浮士德》诗剧里，

10 卢佛尔宫：卢浮宫。——编者注

11 雷阿那多·达·芬奇（Leonardo da Vinci）：列奥纳多·迪·皮耶罗·达·芬奇（Leonardo di ser piero da Vinci）。——编者注

12 《密罗斯爱神》雕像：米洛斯的阿佛洛狄忒。——编者注

也常隐约领略过，可是都不如《蒙娜丽莎》所表现的深刻明显。

我穆然深思，我悠然遐想，我想象到中世纪人们的热情，想象到达·芬奇作此画时费四个寒暑的精心结构，想象到丽莎夫人临画时听到四周的缓歌曼舞，如何发出那神秘的微笑。

正想得发呆时，这中世纪的甜梦忽然被现世纪的足音惊醒，一个法国向导领着一群四五十个男的女的美国人蜂拥而来了。向导操很拙劣的英语指着说："这就是著名的《蒙娜丽莎》。"那班肥硕颈项胖乳房的人们照例露出几分惊奇的面孔，说出几个处处用得着的赞美的形容词，不到三分钟又蜂拥而去了。一年四季，人们尽管川流不息的这样蜂拥而来蜂拥而去，丽莎夫人却时时刻刻在那儿露出你不知道是怀善意还是怀恶意的微笑。

从观赏《蒙娜丽莎》的群众回想到《蒙娜丽莎》的作者，我登时发生一种不调和的感触，从中世纪到现世纪，这中间有多么深多么广的一条鸿沟！中世纪的旅行家一天走上二百里已算飞快，现在坐飞艇不用几十分钟就可走几百里了。中世纪的著作家要发行书籍须得请僧侣或抄胥[13]用手抄写，一个人朝于斯夕于斯的，一年还不定能抄完一部书，现在大书坊每日可出书万卷，任何人都可以出文集诗集了。中世纪许多书籍是新奇的，连在近代，以培根、笛卡儿那样渊博，都没有机会窥亚里

13 抄胥：胥，xū，专事抄写的胥吏。

士多德的全豹，近如包慎伯到三四十岁时才有一次机会借阅《十三经注疏》。

现在图书馆林立，贩夫走卒也能博通上下古今了。中世纪画《蒙娜丽莎》的人须自己制画具自己配颜料，作一幅画往往须三年五载才可成功，现在美术家每日可以成几幅乃至于十几幅“创作”了。中世纪人想看《蒙娜丽莎》须和作者或他的弟子有交谊，真能欣赏他，才能侥幸一饱眼福，现在卢佛尔宫好比十字街，任人来任人去了。

这是多么深多么广的一条鸿沟！据历史家说，我们已跨过了这鸿沟，所以我们现代文化比中世纪进步得多了。话虽如此说，而我对着《蒙娜丽莎》和观赏《蒙娜丽莎》的群众，终不免有所怀疑，有所惊惜。

在这个现世纪忙碌的生活中，哪里还能找出三年不窥园、十年成一赋的人？哪里还能找出深通哲学的磨镜匠，或者行乞读书的苦学生？现代科学和道德信条都比从前进步了，哪里还能迷信宗教崇尚侠义？我们固然没有从前人的呆气，可是我们也没有从前人的苦心与热情了。别的不说，就是看《蒙娜丽莎》也只像看破烂朝报了。

科学愈进步，人类征服环境的能力也愈大。征服环境的能力愈大，的确是人生一大幸福。但是它同时也易生流弊。困难日益少，而人类也愈把事情看得太容易，做一件事不免愈轻浮粗率，而坚苦卓绝的成就也便日益稀罕。比方从纽约到巴黎还像从前乘帆船时要经许多时日，冒许多危险，美国人穿过卢佛尔宫决不会像他们穿过巴黎香榭里雪街一样匆促。我很坚决地相信，如果美国人所谓“效率”（Efficiency）以外，还有其他标准可估定人生价值；现代文化至少含有若干危机的。

“效率”以外究竟还有其他估定人生价值的标准么？要回答这个问题，我们最好拿法国理姆[14]（Reims）亚眠（Amiens ）各处几个中世纪的大教寺和纽约一座世界最高的钢铁房屋相比较。或者拿一幅湘绣和杭州织锦相比较，便易明白。如只论“效率”，杭州织锦和美国钢铁房屋都是一样机械的作品，较之湘绣和理姆大教寺，费力少而效率差不多总算没有可指摘之点。但是刺湘绣的闺女和建筑中世纪大教寺的工程师在工作时，刺一针线或叠一块砖，都要费若干心血，都有若干热情在后面驱遣，他们的心眼都钉在他们的作品上，这是近代只讲“效率”的工匠们所诧为呆拙的。

织锦和钢铁房屋用意只在适用，而湘绣和中世纪建筑于适用以外还要能慰情，还要能为作者力量气魄的结晶，还要能表现理想与希望。假如这几点在人生和文化上自有意义与价值，“效率”决不是唯一的估定价值的标准，尤其不是最高品的估定价值的标准。最高品估定价值的标准一定要着重人的成分（Human Element），遇见一种工作不仅估量它的成功如何，还有问它是否由努力得来的，是否为高尚理想与伟大人格之表现。如果它是经过努力而能表现理想与人格的工作，虽然结果

14 理姆：即兰斯，法国东北部城市。——编者注

失败了，我们也得承认它是有价值的。这个道理布朗宁（Browning）在 *Rabbi Ben Ezva* 那篇诗里说得最精透，我不会翻译，只择几段出来让你自己去玩味：

Not on the vulgar mass
Called “work”，must sentence pass，
Things done，that took the eye and had the price；
O’er which，from level stand，
The low world laid its hand，
Found straight way to its mind，could value in a trice：

But all，the world’s coarse thumb
And finger failed to plumb，
So passed in making up the main account；
All instincts immature，
All purposes unsure，
That weighed not as his work，yet swelled the man’s amount：

Thoughts hardly to be packed
Into a narrow act，
Fancies that broke through thoughts and escaped;

All I could never be,

All, men ignored in me,

This I was worth to god, whose wheel the pitcher shaped.

这几段诗在我生平所给的益处最大。我记得这几句话，所以能惊赞热烈的失败，能欣赏一般人所嗤笑的呆气和空想，能景仰不计成败的艰苦卓绝的努力。

假如我的十二封信对于现代青年能发生毫末的影响，我尤其虔心默祝这封信所宣传的超“效率”的估定价值的标准能印入个个读者的心孔里去；因为我所知道的学生们、学者们和革命家们都太贪容易，太浮浅粗疏，太不能深入，太不能耐苦，太类似美国旅行家看《蒙娜丽莎》了。

你的朋友 孟实

（载《朱光潜全集》第1卷，顾问叶圣陶、沈从文、季羡林，1987年8月）

回忆二十五年前的香港大学

——但是我在学校里和朱跌苍和高觉敷有 Three wise men 的诨号。Wise men（哲人）自然是 Queer fish（怪物）的较好的代名词。

看过《伊利亚随笔集》的人看到这个题目，请不要联想到兰姆的《三十五年前的基督慈幼学校》那篇文章[15]。我没有野心要模拟那种不可模拟的隽永风格。同学们要出一个刊物，专为同学们自己看，把对于母校的留恋和同学间的友谊在心里重温一遍，这也是一种乐趣。我的意思也不过趁便闲谈旧事，聊应通信，和许多分散在天涯海角的朋友们至少可以在心灵上多一次会晤。写得好坏，那是无关重要的。

第一次欧战刚刚完结，教育部在几个高等师范学校里选送了二十名学生到香港大学去学教育，我是其中之一。当时政府在北京，我们二十人虽有许多不同的省籍，在学校里却通被称为“北京学生”。“北京学生”在学校里要算一景。在洋气十足的环境中，我们带来了十足的师范生的寒酸气。人们看到我们有些异样，我们看人们也有些异样，但是大的摩擦却没有。学会容忍“异样”的人就受了一种教育，不能容忍“异样”的人见了“异样”增加了自尊感，不能受“异样”同化的人见

15 Charles Lamb: Essays of Elia，Christ Hospital 35 Years Ago.

了“异样”也增加了对于人世的新奇感。所以港大同学虽有四百余人，因为各种人都有，色调很不单纯，生活相当有趣。

我很懊悔，这有趣的生活我当时未能尽量享受。“北京学生”大抵是化外之民，而我尤其是像在鼓里过日子，一般同学的多方面的活动我有时连作壁上观的兴致也没有。当时香港的足球网球都很负盛名，这生来与我无缘。近海便于海浴，我去试了二三次，喝了几口咸水，被水母咬痛了几回，以后就不敢再去问津了。学校里演说辩论会很多，我不会说话，只坐着望旁人开口。当时学校里初收容女生，全校只有何东爵士的两个女儿欧文小姐和伊琳小姐两人，都和我同班，我是若无其事，至少我不会把她们当女子看待。广东话我不会说，广东菜我没有钱去吃，外国棋我不会下，连台球我也不会打。同学们试想一想，有了这一段自供，我的香港大学生的资格不就很有问题了么？

读书我也不行。从高等师范国文系来的英文自然比不上好些生来就只说英文的同学。记得有一次作文，里面说到坐人力车和骑马都不是很公平的事，被一位军官兼讲师的先生痛骂了一场。有一夜生了病，第二天早晨浮斯特教授用当时很称新奇的方法测验智力，结果我是全班中倒数第一，其低能可想而知。但是我在学校里和朱跌苍和高觉敷有 Three wise men 的诨号。Wise men（哲人）自然是 Queer fish（怪物）的较好听的代名词。当时的同学大约还记得香港植物园的一件值得注意的事，常见三位老者，坐在一条凳上晒太阳，度他们悠闲的岁月。朱高两人和我形影相伴，容易使同学们联想到那三位老者，于是只有那三位老者可以当的尊号就落到我们三位“北京学生”的头上了。

我们三人高矮差不多，寒酸差不多，性情兴趣却并不相同，往来特别亲密的缘故是同是“北京学生”，同住梅舍（May Hall），而又同有午后散步的习惯。午后向来课少，我们一有闲空，便沿着梅舍从小径经过莫理孙舍（Morrison Hall）向山上走，绕几个弯，不到一小时就可以爬上山顶。在山顶上望一望海，吸一口清气，对于我成了一种瘾，除掉夏初梅雨天气外，香港老是天朗气清，在山顶上一望，蔚蓝的晴空笼照着蔚蓝的海水，无数远远近近的小岛屿上耸立着青葱的树林，红色白色的房屋，在眼底铺成一幅幅五光十彩的图案。霎时间把脑袋里一些重载卸下，做一个“空空如也”的原始人，然后再循另一条小径下山，略有倦意，坐下来吃一顿相当丰盛的晚餐。香港大学生的生活最使我留恋的就是这一点。写到这里，我鼻孔里还嗅得着太平山顶晴空中海风送来的那一股清气。

我瞑目一想，许多旧面目都涌现到面前。终年坐在房里用功、虔诚的天主教徒郭开文，终年只在休息室里打棒球下棋，我忘记了姓名只记得诨号的“棋博士”，最大的野心在娶一个有钱的寡妇的姚医生，足球领队的黄天锡，辩论会里声音嚷得最高的非洲人，眯眼的日本人，我们送你一大堆绰号的四川人 Mr Collins[16]，一天喝四壶开水的“常识博士”，我们“北京学生”让你领头，跟着你像一群小鸡跟着母鸡去

16 Mr Collins: 英国女小说家简·奥斯汀的《傲慢与偏见》中一个可笑的角色。

和舍监打交涉的Tse Foo（朱复），梅舍的露着金牙齿微笑的No One（宿舍里的斋夫头目）……朋友们，我还记得你们，你们每一个人都曾经做过我开心时拿来玩味的资料，于今让我和你们每一个人隔着虚空握一握手！

老师们，你们的印象更清晰。在教室里不丢雪茄的老校长爱理阿特爵士，我等待了四年听你在课堂指导书里宣布要讲的中国伦理哲学，你至今还没有讲，尽管你关于“佛学”的巨著曾引起我的敬仰。还有天气好就来，天气坏就回英国，像候鸟似的庞孙倍芬先生，你教我们默写和作文，把每一个错字都写在黑板上来讲一遍，我至今还记得你的仁慈和忍耐。工科教授勃朗先生，你不教我的课，也待我好，我记得你有规律的生活，我到苏格兰，你还差过你的朋友，一位比利时小姐来看我，你托她带给我的那封长信我至今似乎还没有回。提起信，我这不成器的老欠信债的学生，你，辛博森教授，更有理由可以责备我。但是我的心坎里还深深映着你的影子。你是梅舍的舍监，英国文学教授，我的精神上的乳母。我跟你学英诗，第一次读的是《古舟子咏》，我自己看第一遍时，那位老水手射死海鸟的故事是多么干燥无味而且离奇可笑，可是经过你指点以后，它的音节和意象是多么美妙，前后穿插安排是多么妥帖！一个艺术家才能把一个平凡的世界点染成为一个美妙的世界，一个有教书艺术的教授才能揭开表面平凡的世界，让蕴藏着美妙的世界呈现出来。你对于我曾造成这么一种奇迹。我后来进过你进过的学校——爱丁堡大学——就因为我佩服你。可是有一件事我忘记告诉你，你介绍我去见你太太的哥哥，那位蓝敦大律师，承他很客气，再三嘱咐我说“你如果在法律上碰着麻烦，请到我这里来，我一定帮助你”，我以后并没有再去麻烦他。

最后，我应该特别提起你，奥穆先生，你种下了我爱好哲学的种子。你至今对于我还是一个疑谜。牛津大学古典科的毕业生，香港法院的审判长，后来你回了英国，据郭秉和告诉我，放下了独身的哲学，结了婚，当了牧师。你的职业始终对于你是不伦不类。你是雅典时代的一个自由思想者，落在商业化的大英帝国，还缅想柏拉图、亚里士多德在学园里从容讲学论道的那种生活，我相信你有一种无可告语的寂寞。你在学校里讲课不领薪水，因为教书拿钱是苏格拉底所鄙弃的。你教的是伦理学，你坚持要我们读亚里士多德，我们瞧不起那些古董，要求一种简赅明了的美国教科书。你下课时，我们跟在你后面骂你，虽是隔着一些路，却有意“使之闻之”，你摆起跛腿，偏着头，若无其事地带着微笑向前走。校里没有希腊文的课程，你苦劝我到你家里去跟你学，用汽车带我去你家学，我学了几回终于不告而退。这两件事我于今想起，面孔还要发烧。可是我可以告诉你，由于你的启发，这二十多年来我时常在希腊文艺与哲学中吸取新鲜的源泉来支持生命。我也会学你，想尽我一点微薄的力量，设法使我的学生们珍视精神的价值。可是我教了十年的诗，还没有碰见一个人真正在诗里找到一个安顿身心的世界，最难除的是腓力斯人（庸俗市民）的根性。我很惭愧我的无能，我也开始了解到你当时的寂寞。写到这里，我不免有些感伤，不想再写下去，许多师友的面孔让我留在脑里慢慢玩味吧！香港大学，我的慈母，你呢，于今你所哺的子女都星散了，你那山峰的半腰，像一个没有鸟儿的空巢（当时香港被日本人占领了），你凭视海水嗅到腥臭，你也一定有难言的寂寞！什么时候我们这一群儿女可以回巢，来一次大团聚呢？让我们每一个人遥祝你早日恢复健康与自由！

1943 年春天嘉定武汉大学

（载《文学创刊》第 3 卷第 1 期，1944 年 5 月）

回忆上海立达学院和开明书店

—— 一九二二年夏天，我在香港大学毕业后，就来到上海吴淞中国公学教英文……在短短的几个月之中，我结识了后来对我影响颇深的匡互生、朱自清和丰子恺几位好友。

一九二二年夏天我在香港大学毕业后，就到上海吴淞中国公学中学部教英文，才开始接触到“五四”运动在知识分子中间的巨大影响以及左右两派在政治、文艺和教育等问题上的激烈斗争。我听过李大钊、恽代英诸位先烈的讲话，我还在当时由左派支持的上海大学里兼课，和左派青年也有些来往。我因受过长期的封建教育和帝国主义教育，一时还不能转过弯来，总的说来，我在不满现状方面和进步青年是心连心的，但由于清高的幻想妨碍我参加党派斗争。

不多时，中国公学中学部在江浙战争中被摧毁了，我由文艺界老友夏丏尊先生的介绍，转到浙江上虞白马湖春晖中学。在短短的几个月之中，我结识了后来对我影响颇深的匡互生、朱自清和丰子恺几位好友。匡互生是春晖中学的教务主任，他和无政府主义者有些来往，特别维护教育的民主自由，而春晖中学校长是国民党的中央委员，作风有些专制。匡互生向校长建议改革（其中有让学生有发言权、男女同校等），被校长断然拒绝了。匡互生就愤而辞去教务主任职，掀起了一场风潮。我对匡互生深表同情，就跟他采取毅然决然的态度，离开春晖中学跑到上海另谋出路。离白马湖时有一批同情我们的学生到车站挽留我们，挽留不住，就跟我们一同跑到上海。到了上海之后，有一批教师例如周为群、刘薰宇、丰子恺、夏丏尊等人也陆续转到上海。原在上海的一批文化界朋友，例如胡愈之、周予同、刘大白、陈之佛、夏衍、章锡琛等也陆续参加进来，组成了一个立达学会。我们商定办一所立达学园。先在上海老西门黄家阙租了几间破房子马上开课，同时在江湾筹建校舍。我们都是些穷书生，白手起家办学校，其艰难是可想而知的。为着筹经费和争取社会支持，我曾陪匡互生找过上海的湖南大资本家聂芸台，文化界要人吴稚晖，还专程跑到北京找过当时的教育部长易培基和教育部参事黎锦熙。

不久，江湾校舍建成了，我们就迁到江湾，以立达学会的名义宣布了创办立达学园的宗旨。这份宣言是在匡互生授意下由我执笔的，公开提出了教育独立自由的主张。叫作“立达”也有深意，来源于儒家“己欲立而立人，己欲达而达人”两句话。“立”指脚跟站得稳，或立场坚定，“达”指通情达理，行得通。在“立”与“达”两方面，“人”与“己”有互相因依的关系，“成己”而后能“成物”，做到成物也才能真正地成己。这是“解放全人类才能真正地解放自己”这一深刻的辩证思想的朴素表达方式，我们当时对马克思主义当然还茫然无知。叫作“学园”而不叫作“学校”，是要标明我们的“学园”不同于当时一般的学校。

这个词当然联想到希腊的“柏拉图学园”的自由讨论的风气，但是更切实的意义是把青年当作幼苗来培养和爱护，使他们得到正常的健康的成长。此外，我们还有教育与劳动相结合的用意，准备由学园师生开垦一个农场，后来这个愿望也实现了。立达学园附近有一所劳动大学，这二者是有直接联系的，主持人都是无政府主义者。

立达学园的教育自由的思想和作风，在当时北洋军阀淫威专制令人窒息的情况下，传播了一股新鲜空气，所以对进步青年有很大的吸引力，他们都争先恐后地来就学。在一些辛勤的园丁培养之下，他们之中有不少人后来在各自的岗位上成了无名英雄。例如现在主持浙江省文联的黄源同志，他以研究鲁迅闻名，在文化界做过不少工作。黄源同志和我几十年阔别之后，去年在文代会上重逢，还亲热地呼我为“老师”，其实他自己也已七十六岁了，我比他还够不上“十年以长”。他叫我“老师”，我既感到惭愧，又感到欢喜，这是一个老园丁的至上酬劳。

立达学会同人还筹办了开明书店。我们的目的是争取青年中学生，因为他们是社会中坚。所以开明书店从开办之日起就以青年为主要对象。我们首先出版了一种刊物，先叫《一般》，后改称《中学生》。在编辑方面出力最多的是夏丏尊和叶圣陶。“开明”就是“启蒙”，这个名称多少也受了法国百科全书派启蒙运动的影响。《中学生》这个刊物当时是最受欢迎的，除介绍一般科学知识和发表文艺作品之外，夏丏尊和叶圣陶两位主编特别重视语文教育方面的问题，曾特辟“文章病院”一栏，以具体的例子，生动地说明了当时官方报刊的公文和社论的思想和语文的毛病所在以及治疗的方剂。这不仅讽刺了官样文章及其所表现的思想，也对当时的文风和学风乃至语文教学都起了难以估计的保健作用和示范作用。这个“文章病院”至今还令我特别怀念。因为现在语文在思想内容和表达方式上的一些老毛病依然存在，而病院和医生却不易找到。如果现在那么多的报刊也多办几所“文章病院”，少发些公式教条的空论，这对文风和学风都造福不浅。

一家好书店或一种好刊物不仅出版一些好书、刊登一些好文章，还会培养出一些好作家和好编辑。开明书店除《中学生》这个刊物之外，还出了一些深受青少年学生欢迎的课本、文学作品和一般读物。我还记得丰子恺为开明的出版物作了一些插图，自画自刻，在漫画和版画乃至编辑方式的发展方面都起了推动作用。巴金和夏衍等著名作家的早年作品大半是由开明书店发表的。此外，还有些科学家如刘薰宇、顾均正、周予同等人也都是从开明发迹的。就我个人来说，我应特别感谢开明书店对我的培育。我在夏丏尊、朱自清、叶圣陶几位老友的言教和身教下才开始放弃文言文，学写白话文。我在留学英法八年之中一直和开明维持着密切的联系。一到英国，我就不断地替《一般》和《中学生》写稿，后来由夏丏尊搜集并作序的《给青年的十二封信》这部处女作就是由开明印行的，这本小册子现在看来不免幼稚可笑，在当时却成了一部最畅销的书。原因大概在我反映出当时一般青年小知识分子的心理状况，在彷徨失望中摸索出路。从此我和广大青年建立起了友好关系，也不再愁写出文章没有地方发表和没有人看了。我在外国当学生时代写的几部主要的著作（《文艺心理学》《谈美》《诗论》《变态心理学派别》）都是由开明书店印行的，所得到的稿费大大减轻了在官费经常扣发的情况下一个穷学生必然要面临的灾荒。所以想到立达学园和开明书店，我总是怀着感激的心情。

（载《解放日报》，1980 年 12 月 2 日）

贰 | 昼短苦夜长，何不秉烛游

露宿

——时间是夜半过了。天上薄云流布，看不见星月。河里平时也应该有货船和渔船，这时节都逃难去了，只留着一河死水，对岸几只电灯的倒影，到了下半夜也显得无神采了。

由平到津的车本来只要走两三点钟就可达到，我们那天——八月十二日，距北平失陷半月——整整地走了十八个钟头。晨八时起程，抵天津老站已是夜半。原先我们听人说，坐上外国饭店的车就可以闯进租界，可是那一天几家外国饭店的汽车绝对不肯通融，私车人力车乃至于搬夫是一概没有。车站距法租界还有一里路左右，这条路在夜间无人辨出。我们因为找车耽搁了时间，已赶不上跟大队人马走。走出了车站就算逃出了恐怖窟，所以大家走得快，车上那样多的人，一霎儿都散开不见了。

我们路不熟，遥遥望着前面几个人影子走，马路两旁站着预备冲锋似的日本兵，刺刀枪平举在手里，大有一触即发之势。我们的命就悬在他们的枪口刀锋之上，稍不凑巧，拨刺一声，便完事大吉。没有走上几步路，就有五六个日本兵拦路吼的一声，叫我们站住。我们一行四人，我以外有杨希声、上官碧和黄子默，都说不上强壮，手里都提着一个很沉重的行李箱走得喘不过气来。听到日本兵一吼，落得放下箱子喘一口气。上官碧是当过兵、走过江湖的，箱子一放下，就把两手平举起来，他知道对付拦路打劫的强盗例应如此。在这样姿势中他让日本兵遍身捏了一捏，自动地把袋里一个小皮包送过去，用他本有的温和的笑声说："我们没有带什么，你看。"包里所藏的原来是他预备下以后漂泊用的旅费和食粮，其他自然没有什么可搜。书！知识分子的标记——自然不便带，连名片也难免惹祸事，几个通信地址是写在草纸上藏在衣角里的。

通过了这一关，我们走到万国桥。中国界与法租界相隔一条河，万国桥就跨在这条河上。桥这边是阴森恐怖，桥那边便是辉煌安逸。冲进租界么？没有通行证。回到车站么？那森严的禁卫着实是面目狰狞，既出了虎口自然犯不着再入虎口。到被占领的地带歇店么？被敌兵拷问是没有人替你叫冤的。于是我们五六百同难者，除了少数由亲友带通行证接进租界去者以外，就只有在万国桥头的长堤上和人行道上露宿。这到底还是比较安全的地方，桥头站着几个法国巡捕。在他们的目光照顾之下，我们似乎得到一种保障。

时间是夜半过了。天上薄云流布，看不见星月。河里平时应该有货船和渔船，这时节都逃难去了，只留着一河死水，对岸几只电灯的倒影，到了下半夜也显得无神采了。白天里在车上闷热了一天，难得这露天里一股清凉气。但是北方的早秋之夜就寒得彻骨，我们还是穿着白天里所穿的夏衣。起初下车出站时照例有喧哗嘈杂，各人心里都有几分兴奋。后来有亲友来接的进租界去了，不能进租界的也只好铺下毯子或大衣在人行道上躺起了，寒夜的感觉、别离的感觉和流亡的感觉就都来临了。

夜，沉闷，却并不寂静，隐隐约约的炮声常从南面传来，在数十里路之外，我们的兵还在反攻，谣传一两天之内就有抢夺天津车站的企图。这几天敌军的调动异常忙碌，他们出营回营都必须经过万国桥。我们躺在堤上和人行道上，中间的马路是专为他们走的，有时堤上和人行道上的“难民”互通消息，须得穿过这马路。敌兵快要来了，中国警察（那时警察还是中国人）就执着鞭子（他们没有枪）咆哮着驱逐过路的人，像赶牛赶猪似的。兵经过之前，“难民”中若是有一个人伸一伸腰干，甚至于抬一霎儿头，警察便用鞭子指着他责骂一阵。从前皇帝出巡时，沿途警辟，声势想系如此。敌军过去了，警察们用半似解释半似恫吓的口吻向我们说：“都是中国人，哪有不相卫护，诸位不知道，他们不是好惹的，若是抓了去，说不定就要送性命。”这一夜中一直到天明我们离开万国桥时为止，敌军来来往往，川流不息。有从前方开回来的伤兵。他们坐的大半是大兵车，上面蒙着油布，下面说不定还有尸体，露头面到油布外面来看的大半是用白布捆着头或手臂的。开赴前方的队伍很整秩，但是异常匆忙。步兵跟着马兵一起跑，辎兵有许多用双手把子弹箱擎在肩上跟着步兵一起跑。他们不出声息，面部也丝毫没有表情，像一大群机器人，挺着脖子向前闯。

到了两三点钟的时候，警察告诉我们，日本兵要来盘问一阵，叫我们千万别说自己是教员学生，最好说做生意，这一来我们须得乔装，在众目昭彰之下，乔装是不可能的。我们四人之中杨希声最易惹注意，他是山东大汉，又穿着一身颇讲究的西装。我呢，穿着我常穿的一件灰布大褂，上官碧也只穿一件古铜色的旧绸袍，到必要时摘下眼镜，都可以冒充一个商店伙计，我们打算好的，招认我们是徽州笔墨商。黄子默本是银行经理，没有问题。只杨希声的那套西装太尴尬，我们都很埋怨他。办法终于是有的，就说他是黄经理的帮办吧。这只还是一场虚惊。敌军随便挑问几个人，也带了几个人去。我们幸而没有被光顾。

我们头一夜就没有睡觉，在闷、热、臭的车中枯坐了十八个钟头，饭没有吃，水没有喝。露宿时本打算胡乱地睡一觉，可是并没有瞌睡，大家只是不断地抽烟，烟越抽，口里越渴燥。上官碧带了两个橙子，四个人分吃，不济事。巡警打了几桶冷水来，人多，一轰而尽。渴还是小事，天老是不亮，亮后又怎样办呢？黄经理自以为有把握，只等天亮打电话叫租界里朋友来接就行了。许多同难者都说租界里只在夜间戒严，天亮时他们自然会让我们进去。上官碧本来事事乐观，杨希声更是好整以暇的绅士，都以为天一亮就有办法。天果然亮了，问电话，华界与租界的电线已断。眼看同难者一批一批地被亲友接进租界去，我们向法国巡警交涉，没有通行证就不能通行，话说得非常干脆。这时候黄经理也没有把握了，上官碧也不乐观了，杨希声的绅士风度也完全消失了，我呢，老是听天由命。大家面面相觑，着急，打没有主意的主意，懊悔不该离北平。天不绝无路之人，有一个同行者替我们带了口信给住在六国饭店的钱端公。若不是钱端公拿通行证来接，说不定第二夜我们还是在万国桥头做难民，或是抓到日本宪兵司令部里去。第二夜下瓢泼大雨，北平来的学生被抓去的有几十人之多。

（载《工作》第 2 期，1938 年 4 月）

花会

——成都整年难得见太阳，全城的人天天都埋在阴霾里，像古井阑的苔藓，他们浑身染着地方色彩，浸润阴幽，沉寂，永远在薄雾浓云里度过他们的悠悠岁月。

紫陌红尘拂面来，无人不道看花回。

——刘禹锡

成都整年难得见太阳，全城的人天天都埋在阴霾里，像古井阑的苔藓，他们浑身染着地方色彩，浸润阴幽，沉寂，永远在薄雾浓云里度过他们的悠悠岁月。他们好闲，却并不甘寂寞，吃饭、喝茶、逛街、看戏，都向人多的处所挤。挤来挤去，左右不过是那几个地方。早上坐少城公园的茶馆，晚上逛春熙路、西东大街以及满街挂着牛肉的皇城坝，你会想到成都人没有在家里坐着的习惯，有闲空总得出门，有热闹总得挨凑进去。成都人的生活可以说是“户外的”，但是同时也是“城里的”。翻来覆去，总跳不出这个城圈子。五十万的人口、几十方里的面积，形成一种大规模的蜂巢蚁穴。所以表面看来，车如流水马如龙，无处不是骚动，而实际上这种骚动只是蛰伏式的蠕动，像成都一位老作家所说的“死水微澜”。

花会时节是成都人的惊蛰期。举行花会的地方是西门外的青羊宫。这座大道观据说是从唐朝遗留下来的。花会起于何朝何代，尚待考据家去推断，大概来源也很早。成都的天气是著名的阴沉，但在阳春三月，风光却特别明媚。春来得迟，一来了，气候就猛然由温暖而热燥，所以在其他地带分季开放的花卉在成都却连班出现。梅花茶花没有谢，接着就是桃杏，桃杏没有谢，接着就是木槿建兰芍药。在三月里你可以同时见到冬春夏三季的花。自然，最普遍的花要算菜花。成都大平原纵横有五六百里路之广。三月间登高一望，视线所能达到的地方尽是菜花麦苗，金黄一片，杂以油绿，委实是一种大观。在太阳之下，花光草色如怒火放焰，闪闪浮动，固然显出山河浩荡生气蓬勃的景象，有时春阴四布，小风薄云，苗青鹊静，亦别有一番清幽情致。这时候成都人，无论是男女老少，便成群结队地出城游春了。

游春自然是赶花会。花会之名并不副实。陈列各种时花的地方是庙东南一个偏僻的角落。所陈列的不过是一些普通花卉，并无名品，据说今年花会未经政府提倡，没有往年的热闹，外县以及本城的名园都没有把他们的珍品送来。无论如何，到花会来的人重要目的并不在看花而在凑热闹看人。成都人究竟是成都人，丢不开那古老城市的风俗习惯。花会场所还是成都城市的具体而微。古董摊和书画摊是成都搬来的会府和西玉龙街，铜铁摊是成都搬来的东御街，著名的吴抄手在此有临时分店，临时茶馆菜馆面馆更简直都还是成都城里的那种气派。每个菜馆后面差不多都有个篾[17]篷，一个大篾箱似的东西只留着一个方孔做门，门上挂着大红布帘。里面锣鼓喧天，川戏、相声、洋琴、大鼓、杂耍，应有尽有。纵横不过一里的地方，除着成都城里所有的形形色色之外，还有乡下人摆的竹器木器花根谷种以至于锄头菜刀水桶烟杆之类。地方小，花样多，所以挤，所以热闹。大家来此，吃、喝、买、卖、耍、看，城里人来看乡下人，乡下人来看城里人，男的来看女的，女的来看男的。好一幅仇十洲的《清明上河图》[18]，虽然它所表现的不尽是太平盛世的攘往熙来的盛况。

除掉几条繁盛街道之外，成都在大体上还保存着古代城市的原始风味。舶来品尽管在电光闪烁之下惊心夺目，在幽暗僻静的街道里，铜铁匠还是用钉锤锻生铜制锅制水烟袋，织工们还是在竹框撑紧的蜀锦上一针一线地绣花绣鸟。所有的道地的工商业都还是手工品的工商业。他们的制法和用法都有很长久的传统做基础。要是为实用的，它们必定是坚实耐久；要是为玩耍的，它们必定是精细雅致。一个水桶的提手横木可以粗得像屋梁，一茎狗尾草叶可以编成口眼脚翅全具的蚱蜢或蜻蜓。只要你还保存有几分稚气，花会中所陈列的这些大大小小的物品，件件都很可以使你流连。假如你像我的话，有一个好玩的小孩子，你可注意的东西就更多，风车、泥人、木马、小花篮，以及许多形形色色的小玩

17 篾：miè，劈成条的竹片，亦泛指劈成条的芦苇、高粱秆皮等。

18 《清明上河图》：作者张择端。此处作者有误。——编者注

具都可以使你自慰不虚此行。此外，成都人古董书画之癖在花会里也可以略窥一二。老君堂的里外前后的墙壁都挂满着字画，台阶上都摆满着碑帖。自然，像一般的中国人，成都人也很会制造假古董，也很喜欢买假古董。花会之盛，这也是一个原因。

花会之盛还另有一个原因，就是在一般人心里中，青羊宫里所供奉的那位李老君是神通广大的道教祖。青羊者据说是李老君西升后到成都显圣所骑的牲畜。后人纪念这个圣迹，立祠奉祀。于今青羊宫正殿里还有两头青铜铸成的羊子，一牝[19]一牡，牝左牡右。单讲这两匹羊的形样，委实是值得称赞的艺术品。到花会的人少不得都要摸一摸这两匹羊。据说有病的人摸它们一摸，病就会自然痊愈。摸的地方也有讲究，头病摸头脚病摸脚，错乱不得。古往今来病头病脚以及病非头非脚的地方者大概不少，所以于今这两匹羊周身被摸得精光。羊尚如此，老君本人可知，于是老君堂上满挂着前朝巡抚提督现代省长督军亲书或请人代书的匾额。金光四耀，煞是妙相庄严，到此不由人不肃然起敬，何况青羊宫门坎之高打破任何纪录！祈财、祈子、祈福、祈寿、祈官，都得爬过这高门坎向老君进香。爬这高门坎的身手不同，奇态便不免百出。七八十岁的老太太须得放下拐杖，用双手伏在门坎上，然后徐徐把双脚迈过去。至于摩登小姐也有提起旗袍叉口，一大步就迈过去的。大殿上很整秩地摆着一列又一列的棕制蒲团。跪在蒲团上捧香默祷的有乡下老，有达官

19 牝：pìn，雌性的鸟或兽，与“牡”相对。

富商，也有脚踏高跟皮鞋襟口挂着自来水笔的摩登小姐，如上文所云一大步就迈进门户坎的。在这里新旧两代携手言欢，各表心愿。香炉之旁，例有钱桶。花会时钱桶易满。站在香炉旁烧香的道士此时特别显得油光滑面，喜笑颜开。“临邛[20]道士鸿都客，能以精诚致魂魄。”此风至今未泯也。

成都素有小北平之称。熟习北平的人看到花会自然联想到厂甸的庙会，它们都是交易、宗教、游玩打成一片的。单就陈列品说，厂甸较为丰富精美，但是就天时与地利说，成都花会赶春天在乡村举行，实在占不少的便宜。逛花会不尽是可以凑热闹，买玩意儿，祈财求子，还可以趁风和日暖的时候吐一吐城市的秽浊空气，有如古人的修禊，青羊宫本身固然也不很清洁，那里人山人海中的空气也不见得清新。可是花会逛过了，沿着城西郊马路回城，或是刚出城时沿着城西郊赴花会，平畴在望，清风徐来，路右边一阵又一阵的男男女女带着希望去，左边一阵又一阵的男男女女提着风车或是竹篮回来，真所谓“无边光景一时新”，你纵是老年人，也会觉得年轻十岁了。人过中年，难得常有这样少年的兴致。让我赞美这成都花会啊！

（载《工作》第 4 期，1938 年 5 月）

20 临邛：qióng，今四川省成都市邛崃县。

慈慧殿三号——北平杂写之一

——在北平，只有夏天才真是春天，所以慈慧殿三号像古庙的时候是很长的。它像庙，一则是因为它荒凉，二则是因为它冷清。

慈慧殿并没有殿，它只是后门里一个小胡同，因西口一座小庙得名。庙中供的是什么菩萨，我在此住了三年，始终没有去探头一看，虽然路过庙门时，心里总是要费一番揣测。慈慧殿三号和这座小庙隔着三四家居户，初次来访的朋友们都疑心它是庙，至少，它给他们的是一座古庙的印象，尤其是在树没有叶的时候；在北平，只有夏天才真是春天，所以慈慧殿三号像古庙的时候是很长的。它像庙，一则是因为它荒凉，二则是因为它冷清，但是最大的类似点恐怕在它的建筑，它孤零零地兀立在破墙荒园之中，显然与一般民房不同。这三年来，我做了它的临时“住持”，到现在仍没有请书家题一个某某斋或某某馆之类的匾额来点缀，始终很固执地叫它“慈慧殿三号”，这正如有庙无佛，多一事不如省一事。

慈慧殿三号的左右邻家都有崭新的朱漆大门，它的破烂污秽的门楼居在中间，越发显得它是一个破落户的样子。一进门，右手是一个煤栈，是今年新搬来的，天晴时天井里右方隙地总是晒着煤球，有时门口停着运煤的大车以及它所应有的附属品——黑麻布袋、黑牲口、满面涂着黑煤灰的车夫。在北方居过的人会立刻联想到一种类型的龌龊场所。一粘上煤没有不黑不脏的，你想想德胜门外、门头沟车站或是旧工厂的锅炉房，你对于慈慧殿三号的门面就可以想象得一个大概。

和煤栈对面的——仍然在慈慧殿三号疆域以内——是一个车房，所谓“车房”就是停人力车和人力车夫居住的地方。无论是停车的或是住车夫的房子照例是只有三面墙，一面露天。房子对于他们的用处只是遮风雨；至于防贼，掩盖秘密，都全是另一个阶级的需要。慈慧殿三号的门楼左手只有两间这样三面墙的房子，五六个车子占了一间；在其余的一间里，车夫、车夫的妻子和猫狗进行他们的一切活动：做饭、吃饭、睡觉、养儿子、会客谈天等等。晚上回来，你总可以看见车夫和他的大肚子的妻子“举案齐眉”式的蹲在地上用晚饭，房东的看门的老太婆捧着长烟杆，闭着眼睛，坐在旁边吸旱烟。有时他们围着那位精明强干的车夫听他演说时事或故事。虽无瓜架豆棚，却是乡村式的太平岁月。

这些都在二道门以外。进二道门一直望进去是一座高大而空阔的四合房子。里面整年地鸦雀无声，原因是唯一的男主人天天是夜出早归，白天里是他的高卧时间；其余尽是妇道之家，都挤在最后一间房子，让前面的房子空着。房子里面从“御赐”的屏风到四足不全的椅凳都已逐渐典卖干净，连这座空房子也已经抵押了超过卖价的债项。这里面七八口之家怎样撑持他们的槁木死灰的生命是谁也猜不出来的疑案。在三十年以前他们是声威煊赫的“皇代子”，杀人不用偿命的。我和他们整年无交涉，除非是他们的“大爷”偶尔拿一部宋拓圣教序或是一块端砚来向我换一点烟资，他们的小姐们每年照例到我的园子里来两次，春天来摘一次丁香花，秋天来打一次枣子。

煤栈、车房、破落户的旗人，北平的本地风光算是应有尽有了。我所住持的“庙”原来和这几家共一个大门出入，和他们公用“慈慧殿三号”的门牌，不过在事实上是和他们隔开来的。进二道门之后向右转，当头就是一道隔墙。进这隔墙的门才是我所特指的“慈慧殿三号”。本来这园子的几十丈左右长的围墙随处可以打一个孔，开一个独立的门户。有些朋友们嫌大门口太不像样子，常劝我这样办，但是我始终没有听从，因为我舍不得煤栈车房所给我的那一点劳动生活的景象，舍不得进门时那一点曲折和跨进园子时那一点突然惊讶。如果自营一个独立门户，这几个美点就全毁了。

从煤栈车房转弯走进隔墙的门，你不能不感到一种突然惊讶。如果是早晨的话，你会立刻想到“清晨入古寺，初日照高林，曲径通幽处，禅房花木深”几句诗恰好配用在这里的。百年以上的老树到处都可爱，尤其是在城市里成林，什么种类都可爱，尤其是松柏和楸[21]。这里没有一棵松树，我有时不免埋怨百年以前经营这个园子的主人太疏忽。柏树也只有一棵大的，但是它确实是大，而且一走进隔墙门就是它，它的浓阴布满了一个小院子，还分润到三间厢房。

21 楸：qiū，落叶乔木，干高叶大，木材质地致密，耐湿，可造船，亦可做器具。

柏树以外，最多的是枣树，最稀奇的是楸树。北平城里人家有三棵两棵楸树的便视为珍宝。这里的楸树一数就可以数上十来棵，沿后院东墙脚的一排七棵俨然形成一段天然的墙。我到北平以后才见识楸树，一见就欢喜它。它在树木中间是神仙中间的铁拐李，《庄子》所说的："大本臃肿而不中绳墨，小枝卷曲而不中规矩"，拿来形容楸似乎比形容樗[22]更恰当。最奇怪的是这臃肿卷曲的老树到春天来会开类似牵牛的白花，到夏天来会放类似桑榆的碧绿的嫩叶。这园子里树木本来就很杂乱，大的小的，高的低的，不伦不类地混在一起；但是这十来棵楸树在杂乱中辟出一个头绪来，替园子注定一个很明显的个性。

我不是能雇用园丁的阶级中人，要说自己动手拿锄头喷壶吧，一时兴到，容或暂以此为消遣，但是"一日曝之，十日寒之"，究竟无济于事，所以园子终年是荒着的。一到夏天来，狗尾草、蒿子、前几年枣核落下地所长生的小树，以及许多只有植物学家才能辨别的草都长得有腰深。偶尔栽几棵丝瓜、玉蜀黍，以及西红柿之类的蔬菜，到后来都没在草里看不见。我自己特别挖过一片地，种了几棵芍药，两年没有开过一朵花。所以园子里所有的草木花都是自生自长用不着人经营的。秋天栽菊花比较成功，因为那时节没有多少乱草和它做剧烈的"生存竞争"。这一年以来，厨子稍分余暇来做"开荒"的工作，但是乱草总是比他勤快，随拔随长，日夜不息。如果任我自己的脾胃，我觉得对于园子还是

22 樗：chū，比喻无用之材，多用于自谦之辞，也作樗材。

取绝对的放任主义较好。我的理由并不像浪漫时代诗人们所怀想的，并不是要找一个荒凉凄惨的境界来配合一种可笑的伤感。我欢喜一切生物和无生物尽量地维持它们的本来面目，我欢喜自然的粗率和芜乱，所以我始终不能真正地欣赏一个很整齐有秩序，路像棋盘，常青树剪成几何形体的园子，这正如我不喜欢赵子昂的字、仇英的画，或是一个中年妇女的油头粉面。我不要求房东把后院三间有顶无墙的破屋拆去或修理好，也是因为这个缘故。它要倒塌，就随它自己倒塌去；它一日不倒塌，我一日尊重它的生存权。

园子里没有什么家畜动物。三年前宗岱和我合住的时节，他在北海里捉得一只刺猬回来放在园子里养着。后来它在夜里常做怪声气，惹得老妈见神见鬼。近来它穿墙迁到邻家去了，朋友送了一只小猫来，算是补了它的缺。鸟雀儿北方本来就不多，但是因为几十棵老树的招邀，北方所有的鸟雀儿这里也算应有尽有。长年的顾客要算老鸹[23]。它大概是鸦的别名，不过我没有下过考证。在南方它是不祥之鸟，在北方听说它有什么神话传说保护它，所以它虽然那样的“语言无谓，面目可憎”，却没有人肯剿灭它。它在鸟类中大概是最爱叫苦爱吵嘴的。你整年都听它在叫，但是永远听不出一点叫声是表现它对于生命的欣悦。在天要亮未亮的时候，它叫得特别起劲，它仿佛拼命地不让你享受香甜的晨睡，你不醒，它也引你做惊惧梦。

23 老鸹：guā，乌鸦的俗称。

我初来时曾买了弓弹去射它，后来弓坏了，弹完了，也就只得向它投降。反正披衣冒冷风起来驱逐它，你也还是不能睡早觉。

老鸹之外，麻雀甚多，无可记载。秋冬之季常有一种颜色极漂亮的鸟雀成群飞来，形状很类似画眉，不过不会歌唱。宗岱在此时硬说它来有喜兆，相信它和他请铁板神算家所批的八字都预兆他的婚姻恋爱的成功，但是他的讼事终于是败诉，他所追求的人终于是高飞远扬。他搬走以后，这奇怪的鸟雀到了节令仍旧成群飞来。鉴于往事，我也就不肯多存奢望了。

有一位朋友的太太说慈慧殿三号颇类似《聊斋志异》中所常见的故家宅第，“旷废无居人，久之蓬蒿渐满，双扉常闭，白昼亦无敢入者……”，但是如果有一位好奇的书生在月夜里探头进去一看，会瞟见一位散花天女，嫣然微笑，叫他“不觉神摇意夺”，如此等情……我本凡胎，无此缘分，但是有一件“异”事也颇堪——“志”。

有一天晚上，我躺在沙发上看书，凌坐在对面的沙发上共着一盏灯做针线，一切都沉在寂静里，猛然间听见一位穿革履的女人滴滴答答地从外面走廊的砖地上一步一步地走进来。我听见了，她也听见了，都猜着这是沉樱来了——她有时踏这种步声走进来。我走到门前掀帘子去迎她，声音却没有了，什么也没有看见。后来再次推测所得的解释是街上行人的步声，因为夜静，虽然是很远，听起来就好像近在咫尺。这究竟很奇怪，因为我们坐的地方是在一个很空旷的园子里，离街很远，平时在房子里绝对听不见街上行人的步声，而且那次听见步声分明是在走廊的砖地上。这件事常存在我的心里，我仿佛得到一种启示，觉得我在这城市中所听到的一切声音都像那一夜所听到的步声，听起来那么近，而实在却又那么远。

（载《论语》第 94 期，1936 年 8 月）

后门大街——北平杂写之二

——我无论是阴暗冷热，无日不出门闲逛，一出门就很机械地走到后门大街。它对于我好比一个朋友，虽是平凡无奇，因为天天见面，很熟习，也就变成很亲切了。

人生第一乐趣是朋友的契合。假如你有一个情趣相投的朋友居在邻近，风晨雨夕，彼此用不着走许多路就可以见面，一见面就可以毫无拘束地闲谈，而且一谈就可以谈出心事来，你不嫌他有一点怪脾气，他也不嫌你迟钝迂腐，像约翰逊和鲍斯韦尔在一块儿似的，那你就没有理由埋怨你的星宿。这种幸福永远使我可望而不可攀。第一，我生性不会谈话，和一个朋友在一块儿坐不到半点钟，就有些心虚胆怯，刻刻意识到我的呆板干枯叫对方感到乏味。谁高兴向一个只会说“是的”“那也未见得”之类无谓语的人溜嗓子呢？其次，真正亲切的朋友都要结在幼年，人过三十，都不免不由自主地染上一些世故气，很难结交真正情趣相投的朋友。“相识满天下，知心能几人？”虽是两句平凡语，却是慨乎言之。因此，我唯一的解闷的方法就只有逛后门大街。

居过北平的人都知道北平的街道像棋盘线似的依照对称原则排列。有东四牌楼就有西四牌楼，有天安门大街就有地安门大街。北平的精华可以说全在天安门大街。它的宽大、整洁、辉煌，立刻就会使你觉到它象征一个古国古城的伟大雍容的气象。地安门（后门）大街恰好给它做一个强烈的反称。它偏僻、阴暗、湫隘、局促，没有一点可以叫一个初来的游人留恋。我住在地安门里的慈慧殿，要出去闲逛，就只有这条街最就便。我无论是阴晴冷热，无日不出门闲逛，一出门就很机械地走到后门大街。它对于我好比一个朋友，虽是平凡无奇，因为天天见面，很熟习，也就变成很亲切了。

从慈慧殿到北海后门比到后门大街也只远几百步路。出后门，一直向北走就是后门大街，向西转稍走几百步路就是北海。后门大街我无日不走，北海则从老友徐中舒随中央研究院南迁以后（他原先住在北海），我每周至多只去一次。这并非北海对于我没有意味，我相信北海比我所见过的一切园子都好，但是北海对于我终于是一种奢侈，好比乡下姑娘的唯一的一件漂亮衣，不轻易从箱底翻出来穿一穿的。有时我本预备去北海，但是一走到后门，就变了心眼，一直朝北去走大街，不向西转那一个弯。到北海要买门票，花二十枚铜子是小事，免不着那一层手续，究竟是一种麻烦；走后门大街可以长驱直入，没有站岗的向你伸手索票，打断你的幻想。这是第一个分别。在北海逛的是时髦人物，个个是衣裳楚楚，油头滑面的。你头发没有梳，胡子没有光，鞋子也没有换一双干净的，“囚首垢面而谈诗书”，已经是大不韪，何况逛公园？后门大街上走的尽是贩夫走卒，没有人嫌你怪相，你可以彻底地“随便”。这是第二个分别。逛北海，走到“仿膳”或是“漪澜堂”的门前，你不免想抬头看看那些喝茶的中间有你的熟人没有，但是你又怕打招呼，怕那里有你的熟人，故意地低着头匆匆地走过去，像做了什么坏事似的。在后门大街上你准碰不见一个熟人，虽然常见到彼此未通过姓名的熟面孔，也各行其便，用不着打无谓的招呼。你可以尽量地饱尝着“匿名者”（Incognito）的心中一点自由而诡秘的意味。这是第三个分别。因为这些缘故，我老是牺牲北海的朱梁画栋和香荷绿柳而独行踽踽[24]于后门大街。

到后门大街我很少空手回来。它虽然是破烂，虽然没有半里路长，却有十几家古玩铺、一家旧书店。这一点点缀可以见出后门大街也曾经过一个繁华时代，阅历过一些沧桑岁月，后门旧为旗人区域，旗人破落了，后门也就随之破落。但是那些破落户的破铜破铁还不断地送到后门的古玩铺和荒货摊。这些东西本来没有多少值得收藏的，但是偶尔遇到一两件，实在比隆福寺和厂甸的便宜。我花过四块钱买了一部明初拓本《史晨碑》，六块钱买了二十几锭乾隆御墨，两块钱买了两把七星双刀，有时候花几毛钱买一个瓷瓶、一张旧纸，或是一个香炉。这些小东西本无足贵，但是到手时那一阵高兴实在是很值得追求，我从前在乡下时学过钓鱼，常蹲半天看不见浮标幌影子，偶然钓起来一个寸长的小鱼，虽明知其不满一咽，心里却非常愉快，我究竟是钓得了，没有落空。我在后门大街逛古董铺和荒货摊，心情正如钓鱼。鱼是小事，钓着和期待着有趣，钓得到什么，自然更是有趣。许多古玩铺和旧书店的老板都和我

24 踽踽：jǔ，形容独自走路孤零零的样子。

由熟识而成好朋友。过他们的门前，我的脚不由自主地踏进去。进去了，看了半天，件件东西都还是昨天所见过的。我自己觉得翻了半天还是空手走，有些对不起主人；主人也觉得没有什么新东西可以卖给我，心里有些歉然。但是这一点不尴尬，并不能妨碍我和主人的好感，到明天，我的脚还是照旧地不由自主地踏进他的门，他也依旧打起那副笑面孔接待我。

后门大街龌龊，是无用讳言的。就目前说，它虽不是贫民窟，一切却是十足的平民化。平民的最基本的需要是吃，后门大街上许多活动都是根据这个基本需要而在那里川流不息地进行。假如你是一个外来人在后门大街走过一趟之后，坐下来搜求你的心影，除着破铜破铁破衣破鞋之外，就只有青葱大蒜、油条烧饼和卤肉肥肠，一些油腻腻灰灰土土的七三八四和苍蝇骆驼混在一堆在你的昏眩的眼帘前幌影子。如果你回想你所见到的行人，他不是站在锅炉旁嚼烧饼的洋车夫，就是坐在扁担上看守大蒜咸鱼的小贩。那里所有的颜色和气味都是很强烈的。这些混乱而又秽浊的景象有如陈年牛酪和臭豆腐乳，在初次接触时自然不免惹起你的嫌恶；但是如果你尝惯了它的滋味，它对于你却有一种不可抵御的引诱。

别说后门大街平凡，它有的是生命和变化！只要你有好奇心，肯乱窜，在这不满半里路长的街上和附近，你准可以不断地发现新世界。我逛过一年以上，才发现路西一个夹道里有一家茶馆。花三大枚的水钱，你可以在那儿坐一晚，听一部《济公传》或是《长板坡》。至于火神庙里那位老拳师变成我的师傅，还是最近的事。你如果有幽默的癖性，你随时可以在那里寻到有趣的消遣。有一天晚上我坐在一家旧书铺里，从外面进来一个跛子，向店主人说了关于他的生平一篇可怜的故事，讨了一个铜子出去，我觉得这人奇怪，就起来跟在他后面走，看他跛进了十几家店铺之后，腿子猛然直起来，踏着很平稳安闲的大步，唱“我好比南来雁”，沉没到一个阴暗的夹道里去了。在这个世界里的人们，无论他们的生活是复杂或简单，关于谁你能够说，“我真正明白他的底细”呢？

一到了上灯时候，尤其在夏天，后门大街就在它的古老躯干之上尽量地炫耀近代文明。理发馆和航空奖券经理所的门前悬着一排又一排的百支烛光的电灯，照相馆的玻璃窗里所陈设的时装少女和京戏名角的照片也越发显得光彩夺目。家家洋货铺门上都张着无线电的大口喇叭，放送京戏鼓书相声和说不尽的许多其他热闹玩意。这时候后门大街就变成人山人海，左也是人，右也是人，各种各样的人。少奶奶牵着她的花簇簇的小儿女，羊肉店的老板扑着他的芭蕉叶，白衫黑裙和翻领卷袖的学生们抱着膀子或是靠着电线杆，泥瓦匠坐在阶石上敲去旱烟筒里的灰，大家都一起心领神会似的在听，在看，在发呆。在这种时会，后门大街上准有我；在这种时会，我丢开几十年教育和几千年文化在我身上所加的重压，自自在在地沉没在贤愚一体、皂白不分的人群中，尽量地满足牛要跟牛在一块、蚂蚁要跟蚂蚁在一块那一种原始的要求。我觉得自己是这一大群人中的一个人，我在我自己的心腔血管中感觉到这一大群人的脉搏的跳动。

后门大街。对于一个怕周旋而又不甘寂寞的人，你是多么亲切的一个朋友！

此文曾登过《武汉日报·现代文艺》，因该报阅者限于一个区域，原文刊的错字又太多，所以拿它来替《论语》填空白。

作者记

（载《论语》第101期，1936年12月）

诗人的孤寂

——常人的心灵好比顽石，受强烈震撼才能颤动；诗人的心灵好比蛛丝，微嘘轻息就可以引起全体的波动。

心灵有时可互相渗透，也有时不可互相渗透。在可互相渗透时，彼此不劳唇舌，就可以默然相喻；在不可渗透时，隔着一层肉就如隔着一层壁，夫子以为至理，而我却以为孟浪。惠子问庄子：“子非鱼，安知鱼之乐？”庄子反问惠子：“子非我，安知我不知鱼之乐？”谈到彻底了解时，人们都是隔着星宿住的，长电波和短电波都不能替他们传达消息。

比如眼前这一朵花，你所见的和我所见的完全相同么？你所嗅的和我所嗅的完全相同么？你所联想的和我所联想的又完全相同么？“天下之耳相似焉，师旷先得我心之所同然者。”这是一句粗浅语。你觉得香的我固然也觉得香，你觉得和谐的我固然也觉得和谐；但是香的、和谐的，都有许多浓淡深浅的程度差别。毫厘之差往往谬以千里。法国诗人魏尔伦（Verlaine）所着重的 Nuance，就是这浓淡深浅上的毫厘差别。一般人较量分寸而不暇剖析毫厘，以为毫厘的差别无关宏旨，但是古代寓言不曾明白地告诉我们，压死骆驼的重量就是最后的一茎干草么？

凡是情绪和思致，愈粗浅，愈平凡，就愈容易渗透；愈微妙，愈不寻常，就愈不容易渗透。一般人所谓“知解”都限于粗浅的皮相，把香的同认作香，臭的同认作臭，而浓淡深浅上的毫厘差别是无法可以从这个心灵渗透到那个心灵里去的。在粗浅的境界我们都是兄弟，在微妙的境界我们都是秦越。曲愈高，和愈寡，这是心灵交通的公例。

诗人所以异于常人者在感觉锐敏。常人的心灵好比顽石，受强烈震撼才生颤动；诗人的心灵好比蛛丝，微嘘轻息就可以引起全体的波动。常人所忽视的毫厘差别对于诗人却是奇思幻想的根源。一点沫水便是大自然的返影，一阵螺壳的啸声便是大海潮汐的回响。在眼球一流转或是肌肤一蠕动中，诗人能窥透幸福者和不幸运者的心曲。他与全人类和大自然的脉搏一齐起伏震颤，然而他终于是人间最孤寂者。

诗人有意要“孤高自赏”么？他看见常人不经见的景致不曾把它描绘出来么？他感到常人不经见的情调不曾把它抒写出来么？他心中本有若饥若渴的热望，要天下人都能同他在一块儿赞叹感泣，但是谁能够跟他上干九天下穷深渊呢？在心灵探险的途程上，诗人于是不得不独行踽踽了。

一般人在心目中，这位独行踽踽者是什么样的一个人呢？诗人布朗宁（Browning）在《当代人的观感》一首诗里写过一幅很有趣的画像。误解，猜疑，谣喙[25]是相因而至的。你看那位穿着黑色大衣的天天牵着一条老狗在不是散步的时候在街上踱来踱去，他真是一个怪人！——诗

25 喙：huì，（1）特指鸟兽的嘴；（2）借指人的嘴。

人的当代人这样想。他一会儿拿手杖敲街砖，一会儿又探头看鞋匠补鞋。你以为他的眼睛不在看你罢，你打了马，骂了老婆，他都源源本本地知道了。他大概是一个暗探。据说他每天写一封长信给皇上。甲被捕，乙失踪，恐怕都是他弄的把戏。皇上每月究竟给他多少薪俸呢？有一件事我是知道很清楚的。他住在桥边第三家，每晚他的屋里满张华烛，他把脚放在狗背上坐着，二十个裸体的姑娘服侍他进膳。但是这位怪人所住的实在是一间顶楼角屋，死的时候活像一条熏鱼！一般人对于诗人的了解如此。

一般人不能把读诗看作一种时髦的消遣么？伦敦纽约的街头不也摆满着皮面金装的诗集，让老太婆和摩登小姐买作节礼么？是的，群众本来是道地的势利鬼，就是诗人，到了大家都叫好之后，还怕没有人拿称羡暴发户的心理去称羡他！群众所叫好的都是前一代的诗人，或是模仿前一代诗人的诗人。他们的音调都已在耳鼓里震得滥熟，听得惯所以觉得好。如果有人换一个音调，他就不免“对牛弹琴”了。“诗人”这个名字在希腊文中的意义是“创作者”。凡真正诗人都必定避开已经踏烂的路去另开新境，他不仅要特创一种新风格来表现一种新情趣，还要在群众中创出一种新趣味来欣赏他的作品。但是这事谈何容易！英国的华兹华斯和济慈，法国的波得莱尔和马拉梅，费了几许力量，才在诗坛上辟出一种新趣味来？“千秋万岁名”往往是“寂寞身后事”。诗人能在这不可知的后世寻得安慰么？汤姆生在《论雪莱》一文里骂得好：“后世人！后世人跑到罗马去溅大泪珠，去在济慈的墓石上刻好听的诔语，但是海深的眼泪也不能把枯骨润回生！”

阿里斯托芬在柏拉图的《会饮篇》里说，人原来是一体，上帝要惩罚他的罪过，把他截成两半，才有男有女。所谓“爱情”就是这已经割开的两半要求会合还原为一体。真正的恋爱应该是两个心灵的訢合无间，因此，许多诗人在山穷水尽时都想在恋爱中掘出一种生命的源泉。像莎士比亚所歌唱的：

> 这里没有仇雠[26]，
>
> 不过天寒冷一点，风暴烈一点。

但是从历史看，诗人中很少有成功的恋爱者。布朗宁最幸运，能够把世人看不见的那半边月亮留给他的爱人看。此外呢？玛丽·雪莱也算是一个近于理想的人物了。哪一个妻子曾经像她那样了解而且尊敬一个空想者的幻梦？但是雪莱在那不勒斯所作的感伤诗，却有藏着不让她看见的必要，他沉水之后，玛丽替他编辑诗集，发见了那首感伤诗，在附注中一方面自咎，一方面把她丈夫的悲伤推原到他的疾病。读雪莱的原诗和他夫人的附注，谁不觉得这美满姻缘中的伤心语比蔡女[27]的胡笳、

26 雠：chóu，同仇。

27 蔡女：指东汉末年三国时期才女蔡文姬，东汉大文学家蔡邕的女儿。初嫁于卫仲道，丈夫死去而回到自己家里，后因匈奴入侵，被匈奴左贤王掳走，嫁给匈奴人，并生育了两个孩子。十二年后，曹操统一北方，用重金将蔡文姬赎回，并将其嫁给董祀。蔡文姬擅长文学、音乐、书法。其《悲愤诗》二首和《胡笳十八拍》在后世广为流传。

罗兰的清角，还更令人生人世无可如何之叹呢？然而这是雪莱的错处么？玛丽的错处么？错处都不在他们，所以这部悲剧更沉痛。人的心灵本来都有不可渗透的一部分，这在恋爱者中间也不能免。

波得莱尔有一首散文诗，叫作《穷人的眼睛》，以日常情节传妙想，很值得我们援引。我们的诗人陪着他的佳侣坐在一间新开张的咖啡店里。一个穷人带着两个小孩子过路，看见咖啡店的陈设漂亮，六只大眼睛都向里面呆望着。

那位父亲的眼睛仿佛说："真漂亮！天下的黄金怕都关在这所房子里了。"大孩子的眼睛仿佛说："真漂亮！真漂亮！但是进去的人们都不是我们这种人。"小孩子望得太出神了，眼睛只表现一种呆拙而深沉的欣羡。

诗人们说过，娱乐能使人心慈祥。那一天晚上，这句话对于我算是说中了。我不仅被这六只眼睛引起怜悯，而且看见奢侈的杯和瓶，不免有些惭愧。我把眼睛转过来注视你的眼睛，亲爱的，预备在你的眼睛里印证同感，我注视你那双美丽而温柔的眼，注视你那双蔚蓝而活跃的，像月神所依附的眼，而你却向我说："这般睁着车门似的大眼向我们呆望的人们真怪讨嫌！你不能请店主人把他们赶远些么？"

亲爱的天使，互相了解真不是易事，连恋爱者中间，心灵也是这样不可互相渗透！

连恋爱者中间，心灵也是这样不可互相渗透，遑问其他！梅特林克说有人告诉过他，“我和我的妹妹在一块住了二十年之久，到我的母亲临死的那一顷刻，我才第一次看见了她。”这实在是一句妙语。我们身旁都围着许多“相识”的人，其实我们何常“看见”他们，他们又何常“看见”我们呢？

西班牙一位诗人说得好：“人在投胎之前就被注定了罪的。”个个人面上都蒙着一层网，连他自己也往往无法揭开。人是以寂寞为苦的动物，而人的寂寞却最不容易打破。隔着一层肉，如隔一层壁，人是生来就注定了要关在这种天然的囚牢里面的啊！

（载《申报月刊》2卷6号，略有更改）

我与文学

——我生平有一种坏脾气，每到市场去闲逛，见一样就想买一样。无论是怎样无用的破铜破铁，只要我一时高兴它，就保留不住腰包里最后的一文钱。

我生平有一种坏脾气，每到市场去闲逛，见一样就想买一样。无论是怎样无用的破铜破铁，只要我一时高兴它，就保留不住腰包里最后的一文钱。我做学问也是如此。今天丢开雪莱，去看守薰烟鼓测量反应动作，明天又丢开柏拉图，去在古罗马地道阴森曲折的坟窟中溯“哥特式”大教寺的起源。我已经整整地做过三十年的学生，这三十年的光阴都是这样东打一拳西踢一脚地过去了。

在现代社会制度和学问状况之下，百科全书式的学者已经没有存在的可能，一个人总得在许多同样有趣的路径之中选择一条出来走。这已经成为学术界中不成文的宪法，所以读书人初见面，都有一番寒暄套语，“您学哪一科？”“文科。”“哪一门？”“文学。”假如发问者也是学文学的，于是“哪一国文学？哪一方面？哪一时代？哪一个作者？”等问题就接着逼来了。我也屡次被人这样一层紧逼一层地盘问过，虽然也照例回答，心中总不免有几分羞意，我何尝专门研究文学？何况是哪一方面和哪一时代的文学呢？

在许多歧途中，我也碰上文学这条路，说来也颇堪一笑。我立志研究文学，完全由于字义的误解。我在幼时所接触的小知识阶级中，“研究文学”四个字只有两种流行的涵义：作过几首诗，发表几篇文章，甚至翻译过几篇伊索寓言或是安徒生童话，就算“研究文学”；其次随便哼哼诗念念文章，或是看看小说，也是“研究文学”。我幼时也欢喜哼哼诗，念念文章，自以为比作诗发表文章者固不敢望尘，若云哼诗念文即研究文学，则我亦何敢多让？这是我走上文学路的一个大原因。

谁知道区区字义的误解就误了我半世的光阴！到欧洲后见到西方“研究文学”者所做的工作以及他们所有的准备，才懂庄子海若望洋而叹的比喻，才知道“研究文学”这个玩意儿并不像我原来所想象的那样简单，尤其不像我原来所想象的那样有趣。文学并不是一条直路通天边，由你埋头一直向前走，就可以走到极境的。“研究文学”也要绕许多弯路，也要做许多干燥辛苦的工作。学了英文还要学法文，学了法文还要学德文、希腊文、意大利文、印度文等等，时代的背景常把你拉到历史哲学和宗教的范围里去，文艺原理又逼你去问津图画、音乐、美学、心理学等等学问。这一场官司简直没有方法打得清！学科学的朋友们往往羡慕学文学者天天可以消闲自在地哼诗看小说是幸福，不像他们自己天天要埋头记干燥的公式，搜罗干燥的事实。其实我心里有苦说不出，早知道“研究文学”原来要这样东奔西窜，悔不如学得一件手艺，备将来自食其力。我现在还时时存着学做小儿玩具或编藤器的念头。学会做小儿玩具或编藤器，我还是可以照旧哼诗念文章，但是遇到一般人对于“研究文学”者“专门哪一方面？”式的问题就可以名正言顺地置之不理了。

那是多么痛快的一大解脱！

我这番话并不是要唐突许多在外国大学中预备博士论文者，只是向国内一般青年自道甘苦。青年们免不掉像我一样有一个嗜好文艺的时期，在现代中国学风之中，也恐怕免不掉像我一样以哼诗念文章为“研究文学”。倘若他们再像我一样因误解字义而走上错路，自然也难免有一日要懊悔。文艺像历史哲学两种学问一样，有如金字塔，要铺下一个很宽广笨重的基础，才可以逐渐砌成一个尖顶出来。如果入手就想造成一个尖顶，结果只有倒塌。中国学者对于西方文艺思想和政教已有半世纪的接触了，而仍然是隔膜，不能不归咎于只想望尖顶而不肯顾到基础。在文艺、哲学、历史三种学问中，“专门”和“研究工作”种种好听的名词，在今日中国实在都还谈不到。

这番话只是一个已经失败者对于将来想成功者的警告。如果不死心塌地做基础工作，哼哼诗念念文章可以，随便作作诗发表几篇文章也可以，只是不要去“研究文学”。像我费过二三十年工夫的人还要走回头来学编藤器做小儿玩具，你说冤枉不冤枉！

（载《朱光潜全集》第3卷，顾问叶圣陶、沈从文、季羡林，1987年8月）

眼泪文学

——读眼泪文学觉得爽快，正犹如吃了酒，发泄了性欲，打了吗啡针，一种很原始的要求得到了满足。

记得有一位作者，在他一篇小说后面记他自己读那篇文章所受的感动程度说：“因为这一段事过于凄惨，自己写完了再读一过，却又落了一会泪。”近来又看到一位批评家谈一部新出的剧本，他说他喜欢这剧本，它使他“流过四次眼泪”。同样的自白随时随地可以看到或听到，我每看到或听到这种话时，心里不免有些怅惘。我也天天在读文学作品，为什么我一向就没有流过眼泪呢？罪过显然不在作品，因为叫他们流泪的书我也还是在读。这大概只能归咎我的天性薄，心肠硬了。

应该归咎于我自己，我承认，不过文学与眼泪是否真有必然的关联？文学的最高恩惠是否就是眼泪？叫人流泪的多寡是否是衡量文学价值的靠得住的标准？对于这些问题，我却很怀疑。

我虽不会流泪，但是我想它也并不是难事。你到戏院或电影院里去看看。每逢到一个末路英雄，一对情侣的生离死别，或是一个堕落者的最后忏悔，你回头望一望同座的观众，——尤其是太太小姐们——你总可以发现一些人在拿手帕揩眼睛。这是你看得见的，还有许多末路英雄，失意情侣和忏悔的堕落者睡在被窝里或是躺在沙发上在埋头咀嚼感伤派的小说，“掬同情之泪”，你也不难想象到。

在这个世界里，末路英雄，失意情侣和忏悔的堕落者实在是太多了，所以感伤派文学——或者用法国人所取的一个更恰当的名称，“眼泪文学”（Literaturte Larmane）——总是到处受欢迎。据希腊哲学家柏拉图说，人生来就有一种哀怜癖，爱流泪，爱读叫人流泪的文学。这是一种饥渴，一种馋瘾，读“眼泪文学”觉得爽快，正犹如吃了酒，发泄了性欲，打了吗啡针，一种很原始的要求得到了满足。因为需要普遍，所以就有一派作者应运而起，努力供给以文学为商标的兴奋剂。

“眼泪文学”既有人类根性做基础，所以传播起来非常容易，大家愈称赞流泪，于是流泪成为时髦。我们都知道，文学史上有所谓“浪漫时期”，“浪漫时期”又有所谓“世纪病”，“世纪病”其实可以说就是“流泪病”。在那个时期，不爱流泪，不会叫人流泪，就简直失去“诗人”的资格。他们的英雄是维特（Werther），是哈罗尔德（Herold），是勒内（Rene’），个个都是眼泪汪汪地望着破烂的堡垒和荒凉的墓园，嗟叹人生的空虚，歌咏伤感的伟大。会流泪，就会显得你不同凡俗，显得你深刻高贵。大家都爱自居深刻高贵，于是流泪本来虽是“贵族的”，也变成“平民的”了。因此，“眼泪文学”于人类根性之外，又加上风气与虚荣心两重保障。

文学能叫人流泪，它的感动力多么伟大啊！但是我们试平心静气地想一想：世间受文学感动而至于流泪的人们，在感动以后，究竟发下什么样的大善心，叫世界上少发生一些可痛哭流涕的事件呢？谈到这个问题，我又想起柏拉图。他驱逐诗人于理想国之外，重要的原因就是诗人太爱叫人流泪。只有弱者在悲苦的境遇才感伤流泪，诗人迎合人类好感伤流泪一点劣根性，尽量拿易起感伤的材料去刺激听众，叫他们得到满足“哀怜癖”的快感，久之习惯成自然，他们便逐渐失去“丈夫气”，性格变成女性化，到自己遇到悲苦境界时，也只以一叹一哭了之。柏拉图的清教徒式的严酷固然有些过火，但从一般读文学而爱流泪的人们所给的实证看，他的话似乎也并不完全错误。记得看过一篇俄国小说，——记不清作者，许是屠格涅夫——写一位莫斯科的贵妇坐在马车里读一部写贫苦社会的小说，读得泪流满面，同时她的马车夫就在她面前冻死了，她却毫不在意。受文学作品感动而流泪的人们心地并不一定就特别慈祥，法国哲学家卢梭老早就已经说过。像罗马塞那（Sylla）之类的暴君素以残酷著名，到戏院里去看悲剧时也还是流泪。

能叫人流泪的文学不一定就是第一等的文学。关于这一点，我曾经作过一些实地观察，我到戏院里看戏，总喜欢回头看看观众在兴酣局紧时，面孔上表现什么样的反应。我看过几十次的莎士比亚的作品，在剧情极悲惨时，我回头看看，只见全场人都在屏息静听，面上都呈现一种虽紧张而却镇定喜悦的样子。我也看过不少的富于感伤性的近代戏，像《茶花女》《少奶奶的扇子》之类的戏我都看过好几遍，每次总听得前后左右的观众哭的哭，啼的啼。我不常看电影，但是也常听到看过电影的朋友回来报告说，“今天片子真好，许多人都淌了眼泪。”我不敢很武断地说某一种文学一定比某一种价值高，但是我觉得把《茶花女》

《少奶奶的扇子》之类的作品摆在《李尔王》或《麦克白》之上，至少是可以引起疑问。就是拿同一个作者的作品来说，《少年维特之烦恼》叫人流泪的可能是无疑地比《浮士德》强，但是它们的价值高低决不能和叫人流泪的可能成正比例。英国诗人华兹华斯在一首诗里说过：“最微小的花对于我可以引起不能用泪表达得出的那么深的思致。”用泪表达得出的思致和情感原来不是最深的，文学里面原来还有超过叫人流泪的境界。

最后，读文学作品何以就至于流泪，也很值得研究。你是为文学作品而流泪呢？还是为它所写的悲惨情境而流泪呢？换句话说，你的泪是艺术欣赏者的欢欣的泪呢？还是实际人对于实际悲痛的“同情之泪”呢？一般人读文学作品而流泪大半是后一种。他们生性爱感伤，文学让他们过一会瘾，他们所得的快感正犹如抽烟打吗啡针所给的快感一样，根本算不得美感。作者要产生这种快感也并非难事。在作品里多放些引起悲痛的刺激剂，就行了。

眼泪是容易淌的，创造作品和欣赏作品却是难事，我想，作者们少流一些眼泪，或许可以多写一些真正伟大的作品；读者们少流一些眼泪，也或许可以多欣赏一些真正伟大的作品。

（载《大众知识》第1卷第7期，1937年1月）

旧书之灾

——我向店主叹了一口气说："如今世界只有两种东西贱，书贱，读书人也贱！"时隔一年，今冬我逛这些旧书店，大半只是"过屠门而大嚼"，书价比去冬要高二十倍了，我买不起了。显然是读书人比去年更贱了。

中国文化的特色之一，是印刷业最早兴起而也最盛行。我们略翻阅叶德辉的《书林清话》之类书籍，便可以明白我们的祖先在印书和藏书方面所费的心血和所表现的崇高理想。远者不必说，姑说清朝，刻书是当时国家文教要事之一。在京师的有武英殿，在各省的有金陵、杭州、成都、武昌、广州各大官书局，都由政府资助，有计划有系统地刻印四部要籍，地方文献多由各当地书局分印，大部头著作一局不能独刻的则由各局合刻。刻书流传文化，是一件风雅的事，官书局之外有许多书籍的爱好者，像阮元、卢文绍、毕沅、鲍廷博、伍崇曜[28]、黎庶昌、王先谦诸人都以私人的力量刻成许多有价值的丛书。当时读书人多，书的需要大，刻书也是一件可谋利的事，官局与私人之外，又有许多书贾翻刻一般销行较广的书籍，晚起的商务印书馆是一个著例。现在，官书局久

28 曜：yào，（1）照耀、明亮，如"日出有～"；（2）日、月、星均称"曜"，日、月、火、水、木、金、土七个星合称"七曜"，旧时分别用来称一个星期的七天，如"日曜日"是星期日，"月曜日"是星期一，其余依次类推。

已停闭了，私人刻书也渐没落了，书贾更不必说。从前许多辛辛苦苦刻成的书版大半已毁坏散佚，偶有存在的也堆在颓垣败壁中，无人过问。

从前，各大都市都有几条街完全是书肆，有钱的去买，无钱的去看，几乎等于图书馆。现在的情形就萧条不堪了，抗战初我到成都，西御龙街和玉带桥一带还完全是书店，到抗战结束那一年我再去逛，这些书店大半都已改为木器铺和小食馆，剩下的几家都在奄奄待毙。从前我在武昌读书的时候，沿江一带旧书店也顶繁荣，去年我经过那里，情形比成都更惨，有些像穷人区，破书和破铜、破铁或是纸烟、花生糖夹杂在一起，显然单靠卖书就不能撑持那破旧的门面了。听说苏州、广州、长沙各地，情形也大相仿佛。我因而联想到伦敦的切宁十字路[29]，巴黎的赛因河畔，以及东京的神田（？）区，我不相信经过这次大战破坏之后，那些著名的书肆区就冷落到这种程度。

中国旧书聚汇的地方当然是北平。经过九年的抗战之后我回了这旧都，看见厂甸和隆福寺的那些书店居然都还存在，而且还是琳琅满目，美不胜收，心里颇为欣慰。可是每一家都如深山古刹，整天不见一个人进来。书贾为维持日常的开销，忍痛廉价出售存货，我花了四万元买了一部海源阁藏的《十三经古注》，二千元买了一部秀野草堂原刊的《范石湖集》，其他可以类推。买过后，我向店主叹了一口气说：“如今世

29 切宁十字路：即查令十字街（Charing Cross），是英国伦敦著名的书店街。——编者注

界只有两种东西贱，书贱，读书人也贱！”事隔一年，今冬我逛这些旧书店，大半只是“过屠门而大嚼”，书价比去冬要高二十倍了，我买不起了。显然读书人比去年更贱了。书是否真贵了呢？古逸丛书的零卖每册合到两万元，许多明刻本及乾嘉刻本也只要一两万元一册。稀见的书或许稍贵一点。我买最平常的稿纸也要八万元一百页，一册旧书至多就只合到纸价的四分之一，刻工运输储存等等都算不上钱。旧书除研读以外还有一个用途，可以当废纸。当废纸它可以卖到两万元至三万元一斤。许多大部头的书现在是绝对找不到雇主的，像《图书集成》只能卖一千余万元，如当废纸卖，可望加倍。所以，这一年来，许多旧书是当作废纸出卖的。废纸有什么用场呢？一、杂货店可以用来包东西，买花生米拆开纸包一看，往往是宣纸莫刻南监本《五经》的零页；二、废纸可以打成纸浆做“还魂纸”，质料好的印报章，质料坏的作厕所手纸。手纸也要值二三十万元一刀，一刀手纸和二十册左右旧书价值略相等。请想一想看，这情形是多么惨！

想什么！在这科学昌明时代而且是新文化运动时代，旧书本已无用了，活该做手纸！于是我联想起科举初停的时候，我父亲把家里几大箱时文闱墨送到荒地里，亲自掘一个塚，把它们“付之丙丁”，“葬之中野”，我当时幼稚，不免惋惜，父亲说，“它们没有用处了，留着占地方。”现在一般线装书的无用是否等于时文闱墨的无用呢？其中无用的当然不少，可是大部分是中国民族几千年来伟大的历史的成就，哲学思想的结晶，文物典章的碑石，诗文艺术的宝库，于今竟一旦一文不值了么？西方文化发展到现代这样的高潮，荷马、柏拉图、但丁、莎士比亚、康德、歌德、卢梭等一长串的作者并未变成陈腐无用，何以孔子、庄子、屈原、司马迁、陶潜、杜甫、朱熹一类人物就应该突然失去他们的意义呢？

于是我又联想起一些我所知道的藏书家，父祖几代费尽心血搜罗起许多珍善本，到了家庭衰败时，子孙们不知爱惜，把书籍送到灶房里引火，或是称斤出卖去换鸦片烟。就一家来说，这是家风的没落，子孙的不肖。现在我们整个民族也就像败家子了。各都市旧书的厄运很明显地指出两个事实：第一，过去几千年的中国文化已到没落期了，黄帝的子孙对于祖传的精神产业已不知道爱惜了；其次，一般中国人不像欧美人那样以读书为正常的消遣，在读书中寻不到乐趣，没有养成读书的习惯，所以书不行销。

我知道，在这兵荒马乱的年头，拿珍惜旧书来谈，未免“迂阔而远于事情”。但是，如果我们想到秦始皇焚书一事在中国文化史上的意义，那么，目前书灾并不是一件小事。汉兵入咸阳，萧何马上就派人抢救官府的图书，他所做的在当时也似是不急之务。我们要记得，现在各大城市遗留的一点旧书，是在这过去九年空前大劫中所未被敌人毁坏或抢掠的一部分，如果这些再毁于我们自己之手，我们不但对不起祖宗，对不起自己，也对不起人类。纵然目前有许多大家认为比较更紧急的事要做，我仍然认为，抢救旧书亦是一件急不容缓的事。好在这件事只要有人肯做，做起来并不太难。

第一，我向政府建议：在最近三五年中，每年提出约当现值一百亿的款项，这数目实在很微，不过是维持一个国立大学两个月费用的数目——分发各大都市的公立图书馆，或大学图书馆，责成它们就近采购当地旧书。采购的程序，须尽量把大部头书及善本书摆在前面。各图书馆已有的书复制几部也无妨，反正这批新购书是国家的产业，现在造册刊目代存，将来可以由国家分发以后陆续成立的新图书馆。

第二，我向有资产的私人建议：抢救旧书是一件有功德的事，他们应该尽他们的力量设法采购，供自己研读，传给子孙，或是捐赠给学校或图书馆，都无不可。或是再说得低调一点，他们把这件事当作投资，将来到了承平时代，再拿出来出售，也还是不会亏本的。

第三，我向各地旧书店建议：他们这些年来在艰苦中挣扎，值得我们同情，他们流传书籍，所做的仍是文化事业，千万不能把旧书卖去做还魂纸。从生意立场说，许多小门面分立互竞，是他们的致命伤。他们应化零为整，组成合股公司，消耗较小，维持也就较易。

（载《周论》创刊号，1948 年 1 月）

看戏与演戏——两种人生理想

——我们这样匆匆忙忙地做事，写东西，挣财产，想在永恒时间的嘲笑的静默中有一刹那使我们的声音让人可以听见，我们竟忘掉一件大事，在这件大事之中这些事只是细目，那就是生活。

莎士比亚说过，世界只是一个戏台。这话如果不错，人生当然也只是一部戏剧。戏要有人演，也要有人看：没有人演，就没有戏看；没有人看，也就没有人肯演。演戏人在台上走台步，作姿势，拉嗓子，喜笑怒骂，悲欢离合，演得酣畅淋漓，尽态极妍；看戏人在台下呆目瞪视，得意忘形，拍案叫好，两方皆大欢喜，欢喜的是人生煞是热闹，至少是这片刻光阴不曾空过。

世间人有生来是演戏的，也有生来是看戏的。这演与看的分别主要地在如何安顿自我上面见出。演戏要置身局中，时时把“我”抬出来，使我成为推动机器的枢纽，在这世界中产生变化，就在这产生变化上实现自我；看戏要置身局外，时时把“我”搁在旁边，始终维持一个观照者的地位，吸纳这世界中的一切变化，使它们在眼中成为可欣赏的图画，就在这变化图画的欣赏上面实现自我。因为有这个分别，演戏要热要动，看戏要冷要静。打起算盘来，双方各有盈亏：演戏人为着饱尝生命的跳动而失去流连玩味，看戏人为着玩味生命的形象而失去“身历其境”的热闹。能入与能出，“得其圜中”与“超以象外”，是势难兼顾的。

这分别像是极平凡而琐屑，其实却含着人生理想这个大问题的大道理在里面。古今中外许多大哲学家、大宗教家和大艺术家对于人生理想费过许多摸索、许多争辩，他们所得到的不过是三个不同的简单的结论：一个是人生理想在看戏，一个是它在演戏，一个是它同时在看戏和演戏。

先从哲学说起。

中国主要的固有的哲学思潮是儒道两家。就大体说，儒家能看戏而却偏重演戏，道家根本藐视演戏，会看戏而却也不明白地把看戏当作人生理想。看戏与演戏的分别就是《中庸》一再提起的知与行的分别。知是道问学，是格物穷理，是注视事物变化的真相；行是尊德行，是修身齐家治国平天下，是在事物中起变化而改善人生。前者是看，后者是演。儒家在表面上同时讲究这两套功夫，他们的祖师孔子是一个实行家，也是一个艺术家。放下他着重礼乐诗的艺术教育不说，就只看下面几段话：

子在川上曰，逝者如斯夫！不舍昼夜。

鸢飞戾天，鱼跃于渊，言其上下察也。

天何言哉？四时行焉，百物生焉。天何言哉！

今夫天，斯昭昭之多，及其无穷也，日月星辰系焉，万物覆焉；

今夫地，一撮土之多，及其广厚，

载华岳而不重，振河海而不泄，万物载焉。

对于自然奥妙的赞叹，我们就可以看出儒家很能作阿波罗式的观照，不过儒家究竟不以此为人生的最终目的，人生的最终目的在行，知不过是行的准备。他们说得很明白："物格而后知至，知至而后意诚，意诚而后心正，心正而后身修"，以至于家齐国治天下平。"自明诚，谓之教"，由知而行，就是儒家所着重的"教"。孔子终身周游奔走，"三月无君，则皇皇如也"，我们可以想见他急于要扮演一个角色。

道家老庄并称。老子抱朴守一，法自然，尚无为，持清虚寂寞，观"众妙之门"，玩"无物之象"，五千言大半是一个老于世故者静观人生物理所得到的直觉妙谛。他对于宇宙始终持着一个看戏人的态度。庄子尤其是如此。他齐是非，一生死，逍遥于万物之表，大鹏与鲦鱼[30]，姑射仙人与疱丁，物无大小，都触目成象，触心成理，他自己却"凄然似秋，暖然似春"，哀乐毫无动于衷。他得力于他所说的"心齐"；"心齐"的方法是"若一志，无听之以耳，而听之以心"，它的效验是"虚室生白，吉祥止止"。他在别处用了一个极好的譬喻说："至人之用心若镜，不将不逆，应而不藏。"从这些话看，我们可以看出老子所谓"抱

30 鲦鱼：tiáo，同鲦鱼。体小，呈条状，肉可食，生活在淡水中。

朴守一”，庄子所谓“心齐”，都恰是西方哲学家与宗教家所谓“观照”（Contemplation）与佛家所谓“定”或“止观”。不过老庄自己虽在这上面做功夫，却并不像以此立教，或是因为立教仍是有为，或是因为深奥的道理可亲证而不可言传。

在西方，古代及中世纪的哲学家大半以为人生最高目的在观照，就是我们所说的以看戏人的态度体验事物的真相与真理。头一个人明白地作这个主张的是柏拉图。在《会饮》那篇熔哲学与艺术于一炉的对话里，他假托一位女哲人传心灵修养递进的秘诀。那全是一种分期历程的审美教育，一种知解上的冒险长征。心灵开始玩索一朵花、一个美人、一种美德、一门学问、一种社会文物制度的殊相的美，逐渐发现万事万物的共相的美。到了最后阶段，“表里精粗无不到”，就“一旦豁然贯通”，长征者以一霎时的直觉突然看到普涵普盖，无始无终的绝对美——如佛家所谓“真如”或“一真法界”——他就安息在这绝对美的观照里，就没有入这绝对美里而与它合德同流，就借分享它的永恒的生命而达到不朽。这样，心灵就算达到它的长征的归宿，一滴水归原到大海，一个灵魂归原到上帝，柏拉图的这个思想支配了古代哲学，也支配了中世纪耶稣教的神学。

柏拉图的高足弟子亚里士多德在《伦理学》里想矫正师说，却终于达到同样的结论。人生的最高目的是至善，而至善就是幸福。幸福是“生活得好，做得好”。它不只是一种道德的状态，而是一种活动；如果只是一种状态，它可以不产生什么好结果，比如说一个人在睡眠中；

惟其是活动，所以它必见于行为。“犹如在奥林匹克运动会中，夺锦标的不是最美最强悍的人，而是实在参加竞争的选手。”从这番话看，亚里士多德似主张人生目的在实际行动。但是在绕了一个大弯子以后，到最后终于说，幸福是“理解的活动”，就是“取观照的形式的那种活动”，因为人之所以为人在他的理解方面，理解是人类最高的活动，也是最持久、最愉快、最无待外求的活动。上帝在假设上是最幸福的，上帝的幸福只能表现于知解，不能表现于行动。所以在观照的幸福中，人类几与神明比肩。说来说去，亚里士多德仍然回到柏拉图的看法：人生的最高目的在看而不在演。

在近代德国哲学中，这看与演的两种人生观也占了很显著的地位。整个的宇宙，自大地山河以至于草木鸟兽，在唯心派哲学家看，只是吾人知识的创造品。知识了解了一切，同时就已创造了一切，人的行动当然也包含在内。这就无异于说，世间一切演出的戏都是在看戏人的一看之中成就的，看的重要可不言而喻。叔本华在这一“看”之中找到悲惨人生的解脱。据他说，人生一切苦恼的源泉就在意志，行动的原动力。意志起于需要或缺乏，一个缺乏填起来了，另一个缺乏就又随之而来，所以意志永无餍足的时候。欲望的满足只“像是扔给乞丐的赈济，让他今天赖以过活，使他的苦可以延长到明天”。这意志虽是苦因，却与生俱来，不易消除，唯一的解脱在把它放射为意象，化成看的对象。意志既化成意象，人就可以由受苦的地位移到艺术观照的地位，于是罪孽苦恼变成庄严幽美。“生命和它的形象于是成为飘忽的幻相掠过他的眼前，犹如轻梦掠过朝睡中半醒的眼，真实世界已由它里面照耀出来，它就不再能蒙昧他。”换句话说，人生苦恼起于演，人生解脱在看。尼采把叔本华的这个意思发挥成一个更较具体的形式。他认为人类生来有两种不同的精神，一是日神阿波罗的，一是酒神狄俄尼索斯的。日神高踞奥林波斯峰顶，一切事物借他的光辉而得形象，他凭高静观，世界投影于他的眼帘如同投影于一面镜，他如实吸纳，却恬然不起忧喜。酒神则趁生命最繁盛的时节，酣饮高歌狂舞，在不断的生命跳动中忘去生命的本来注定的苦恼。从此可知日神是观照的象征，酒神是行动的象征。依尼采看，希腊人的最大成就在悲剧，而悲剧就是使酒神的苦痛挣扎投影于日神的慧眼，使灾祸罪孽成为惊心动魄的图画。从希腊悲剧，尼采悟出“从形象得解脱”（Redemption through appearance）的道理。世界如果当作行动的场合，就全是罪孽苦恼；如果当作观照的对象，就成为一件庄严的艺术品。

如果我们比较叔本华、尼采的看法和柏拉图、亚里士多德的看法，就可看出古希腊人与近代德国人的结论相同，就是人生最高目的在观照。不过着重点微有移动，希腊人的是哲学家的观照，而近代德国人的是艺术家的观照。哲学家的观照以真为对象，艺术家的观照以美为对象。不过这也是粗略的区分。观照到了极境，真也就是美，美也就是真，如诗人济慈所说的，所以柏拉图的心灵精进在最后阶段所见到的“绝对美”就是他所谓“理式”（Idea）或真实界（Reality）。

宗教本重修行，理应把人生究竟摆在演而不摆在看，但是事实上世界几个大宗教没有一个不把观照看成修行的不二法门。最显著的当然是佛教。在佛教看，人生根本孽是贪嗔痴。痴又叫作“无明”。这三孽之中，无明是最根本的，因为无明，才执着法与我，把幻相看成真实，把根尘当作我有，于是有贪有嗔，陷于生死永劫。所以人生究竟解脱在破除无明以及它连带的法我执。破除无明的方法是六波罗蜜（意谓“度”，“到彼岸”，就是“度到涅槃的岸”），其中初四——布施、持戒、忍辱、精进——在表面上似侧重行，其实不过是最后两个阶段——禅定、智慧——的预备，到了禅定的境界，“止观双运”，于是就起智慧，看清万事万物的真相，断除一切孽障执着，到涅槃（圆寂），证真如，功德就圆满了。佛家把这种智慧叫作“大圆镜智”，《佛地经论》作这样解释：

如圆镜极善摩莹，鉴净无垢，光明遍照；如是如来大圆镜智于佛智上一切烦恼所知障垢永出离故，极善摩莹；为依止定所摄持故，鉴净无垢；作诸众生利乐事故，光明遍照。

如圆镜上非一众多诸影像起，而圆镜上无诸影像，而此圆镜无动无作；如是如来圆镜智上非一众多诸智影起，圆镜智上无诸智影，而此智镜无动无作。

这譬喻很可以和尼采所说的阿波罗精神对照，也很可以见出大乘佛家的人生理想与柏拉图的学说不谋而合。人要把心磨成一片大圆镜，光明普照，而自身却无动无作。

佛教在中国，成就最大的一宗是天台，最流行的一宗是净土。天台宗的要义在止观，净土宗的要义在念佛往生，都是在观照上做修持的功夫。所谓“止观”就是静坐摄心入定，默观佛法与佛相。净土则偏重念佛名，观佛相，以为如此即可往生西方极乐世界（所谓“净土”）。依《文殊般若经》说：

若善男子善女子，应在空间处，舍诸乱意，随佛方所，端身正向，不取相貌，系心一佛，专称名字，念无休息，即是念中，能见过现未来三世诸佛。

这种凝神观照往往产生中世纪耶教徒所谓“灵见”（Visions），对象或为佛相，或为庄严宝塔，或为极乐世界。佛家往往用文字把他们的“灵见”表现成想象丰富的艺术作品，像《无量寿经》《阿弥陀经》之类作品大抵都是这样产生出来的。往生净土是他们的最后目的，其实这净土仍是心中幻影，所谓往生仍是在观照中成就，不一定在地理上有一种搬迁。

这一切在耶稣教中都可以找到它的类似。耶稣自己，像释迦一样，是经过一个长期静坐默想而后证道的。“天国就在你自己心里”，这句话也有唤醒人返求诸心的倾向。不过早期的神父要和极艰窘的环境奋斗，精力大半耗于奔走布道和避免残杀。到了三世纪以后，耶稣教的神学逐渐与希腊哲学合流，形成所谓“新柏拉图派”的神秘主义，于是观照成为修行的要诀。依这派的学说，人的灵魂原与上帝一体，没有肉体感官的障碍，所以能观照永恒真理。投生以后，它就依附了肉体，就有欲也就有障。人在灵方面仍近于神，在肉方面则近于兽，肉是一切罪孽的根源，灵才是人的真性。所以修行在以灵制欲，在离开感官的生活而凝神于思想与观照，由是脱尽尘障，在一种极乐的魂游（Ecstasy）中回到上帝的怀里，重新和他成为一体。中世纪神学家把“知”看成心灵的特殊功能，唯一的人神沟通的桥梁。“知”有三个等级：感觉（Cognition）、思考（Mediation）和观照（Contemplation）。观照是最高的阶段，它不但不要假道于感觉，也无须用概念的思考，它是感觉和思考所不能跻攀的知的胜境，一种直觉，一种神佑的大澈大悟。只有借这观照，人才能得到所谓“神福的灵见”（Beatific vision），见到上帝，回到上帝，永远安息在上帝里面。达到这种“神福的灵见”，一个耶稣徒就算达到人生的最高理想。

这种哲学或神学的基础，加上中世纪的社会扰乱，酿成寺院的虔修制度。现世既然恶浊，要避免它的熏染，僧侣于是隐到与人世隔绝的寺院里，苦行持戒，默想现世的罪孽，来世的希望和上帝的博大仁慈。他们的经验恰和佛教徒的一样，由于高度的自催眠作用，默想果然产生了许多“灵见”；地狱的厉鬼，净界的烈焰，天堂的神仙的福境，都活灵活现地现在他们的凝神默索的眼前。这些“灵见”写成书，绘成画，刻成雕像，就成中世纪的灿烂辉煌的文学与艺术。在意大利，成就尤其烜赫。但丁的《神曲》就是无数“灵见”之一，它可以看成耶稣教的《阿弥陀经》。

我们只举佛耶两教作代表就够了。道教本着长生久视的主旨，后来又沿袭了许多佛教的虔修秘诀；回教本由耶教演变成的，特别流连于极乐世界的感官的享乐。总之，在较显著的宗教中，或是因为特重心灵的知的活动，或是寄希望于比现世远较完美的另一世界，人生的最高理想都不摆在现世的行动而摆在另一世界的观照。宗教的基本精神在看而不在演 。

最后，谈到文艺，它是人生世相的返照，离开观照，就不能有它的生存。文艺说来很简单，它是情趣与意象的融会，作者寓情于景，读者因景生情。比如说，“昔我往矣，杨柳依依，今我来思，雨雪霏霏”一章诗写出一串意象、一幅景致、一幕戏剧动态。有形可见者只此，但是作者本心要说的却不只此，他主要地是要表现一种时序变迁的感慨。这感慨在这章诗里虽未明白说出而却胜于明白说出；它没有现身而却无可否认地是在那里。这事细想起来，真是一个奇迹。情感是内在的，属我的，主观的，热烈的，变动不居，可体验而不可直接描绘的；意象是外在的，属物的，客观的，冷静的，成形即常住，可直接描绘而却不必使任何人都可借以有所体验的。如果借用尼采的譬喻来说，情感是狄俄尼索斯的活动，意象是阿波罗的观照；所以不仅在悲剧里（如尼采所说的），在一切文艺作品里，我们都可以见出狄俄尼索斯的活动投影于阿波罗的观照，见出两极端冲突的调和，相反者的同一。但是在这种调和与同一中，占有优势与决定性的倒不是狄俄尼索斯而是阿波罗，是狄俄尼索斯沉没到阿波罗里面，而不是阿波罗沉没到狄俄尼索斯里面。所以我们尽管有丰富的人生经验，有深刻的情感，若是止于此，我们还是站在艺术的门外，要升堂入室，这些经验与情感必须经过阿波罗的光辉照耀，必须成为观照的对象。由于这个道理，观照（这其实就是想象，也就是直觉）是文艺的灵魂；也由于这个道理，诗人和艺术家们也往往以观照为人生的归宿。我们试想一想：

目送飞鸿，手挥五弦，俯仰自得，游心太玄。

——嵇康

仰视碧天际，俯瞰渌水滨，寥阒[31]无涯观，寓目理自陈。大矣造化工，万殊莫不均。群籁虽参差，适我无非新。[32]

——王羲之

采菊东篱下，悠然见南山，山气日夕佳，飞鸟相与还。此中有真意，欲辨已忘言。

——陶潜

侧身天地长怀古，独立苍茫自咏诗。[33]

——杜甫

31 阒：qù，形容寂静。

32 此诗另有一说：仰望碧天际，俯磐绿水滨。寥朗无厓观，寓目理自陈。大矣造化功，万殊莫不均。群籁虽参差，适我无非新。——编者注

33 此句另一说：此身饮罢无归处，独立苍茫自咏诗。——编者注

从诸诗所表现的胸襟气度与理想，就可以明白诗人与艺术家如何在静观默玩中得到人生的最高乐趣。

就西方文艺来说，有三部名著可以代表西方人生观的演变：在古代是柏拉图的《会饮》，在中世纪是但丁的《神曲》，在近代是歌德的《浮士德》。《会饮》如上文已经说过的，是心灵的审美教育方案；这教育的历程是由感觉经理智到慧解，由殊相到共相，由现象到本体，由时空限制到超时空限制；它的终结是在沉静的观照中得到豁然大悟，以及个体心灵与弥漫宇宙的整一的纯粹的大心灵合德同流。由古希腊到中世纪，这个人生理想没有经过重大的变迁，只是加上耶教神学的渲染。《神曲》在表面上只是一部游记，但丁叙述自己游历地狱、净界与天堂的所见所闻；但是骨子里它是一部寓言，叙述心灵由罪孽经忏悔到解脱的经过，但丁自己就象征心灵，三界只是心灵的三种状态，地狱是罪孽状态，净界是忏悔洗刷状态，天堂是得解脱蒙神福状态。心灵逐步前进，就是逐步超升，到了最高天，它看见玫瑰宝座中坐的诸圣诸仙，看见圣母，最后看见了上帝自己。在这“神福的灵见”里，但丁（或者说心灵）得到最后的归宿，他“超脱”了，归到上帝怀里了，《神曲》于是终止。这种理想大体上仍是柏拉图的，所不同者柏拉图的上帝是“理式”，绝对真实界本体，无形无体的超时超空的普运周流的大灵魂；而但丁则与中世纪神学家们一样，多少把上帝当作一个人去想：他糅合神性与人性于一体，有如耶稣。

从但丁糅合柏拉图哲学与耶教神学，把人生的归宿定为“神福的灵见”以后，过了五百年到近代，人生究竟问题又成为思辨的中心，而大诗人歌德代表近代人给了一个彻底不同的答案。就人生理想来说，《浮士德》代表西方思潮的一个极大的转变。但丁所要解脱的是象征情欲的三猛兽和象征愚昧的黑树林。到浮士德，情境就变了，他所要解脱的不是愚昧而是使他觉得腻味的丰富的知识。理智的观照引起他的心灵的烦躁不安。“物极思返”，浮士德于是由一位闭户埋头的书生变成一位与厉鬼定卖魂约的冒险者，由沉静的观照跳到热烈而近于荒唐的行动。在《神曲》里，象征信仰与天恩的贝雅特里齐，在《浮士德》里于是变成天真而却蒙昧无知的玛嘉丽特。在《神曲》里是“神福的灵见”，在《浮士德》里于是变成“狂飙突进”。阿波罗退隐了，狄俄尼索斯于是横行无忌。经过许多放纵不羁的冒险行动以后，浮士德的顽强的意志也终于得到净化，而净化的原动力却不是观照而是一种有道德意义的行动。他的最后的成就也就是他的最高的理想的实现，从大海争来一片陆地，把它垦成沃壤，使它效用于人类社会。这理想可以叫作“自然的征服”。

这浮士德的精神真正是近代的精神，它表现于一些睥睨[34]一世的雄才怪杰，表现于一些掀天动地的历史事变。各时代都有它的哲学辩护它的活动，在近代，尼采的超人主义唤起许多癫狂者的野心，扬谛理（Gentile）的“为行动而行动”的哲学替法西斯的横行奠定了理论的基础。

这真是一个大旋转。从前人恭维一个人，说“他是一个肯用心的

34 睥睨：pì nì，侧目而视，有厌恶或高傲之意。

人”（Athoughtful Man），现在却说“他是一个活动分子”（An Active Man）。这旋转是向好还是向坏呢？爱下道德判断的人们不免起这个疑问。答案似难一致。自幸生在这个大时代的“活动分子”会赞叹现代生命力的旺盛。而“肯用心的人”或不免忧虑信任盲目冲动的危险。这种见解的分歧在骨子里与文艺方面古典与浪漫的争执是一致的。古典派要求意象的完美，浪漫派要求情感的丰富，还是冷静与热烈动荡的分别。文艺批评家们说，这分别是粗浅而村俗的，第一流文艺作品必定同时是古典的与浪漫的，必定是丰富的情感表现于完美的意象。把这见解应用到人生方面，显然的结论是：理想的人生是由知而行，由看而演，由观照而行动。这其实是一个老结论。苏格拉底的“知识即德行”，孔子的“自明诚”，王阳明的“知行合一”，意义原来都是如此。但是这还是侧重行动的看法。止于知犹未足，要本所知去行，才算功德圆满。这正犹如尼采在表面上说明了日神与酒神两种精神的融合，实际上仍是以酒神精神沉没于日神精神，以行动投影于观照。所以说来说去，人生理想还只有两个，不是看，就是演；知行合一说仍以演为归宿，日神酒神融合说仍以看为归宿。

近代意大利哲学家克罗齐另有一个看法，他把人类心灵活动分为知解（艺术的直觉与科学的思考）与实行（经济的活动与道德的活动）两大阶段，以为实行必据知解，而知解却可独立自足。一个人可以终止于艺术家，实现美的价值；可以终止于思想家，实现真的价值；可以终止于经济政治家，实现用的价值；也可以终止于道德家，实现善的价值。

这四种人的活动在心灵进展次第上虽是一层高似一层，却各有千秋，各能实现人生价值的某一面。这就是说，看与演都可以成为人生的归宿。

这看法容许各人依自己的性之所近而抉择自己的人生理想，我以为是一个极合理的看法。人生理想往往决定于各个人的性格。最聪明的办法是让生来善看戏的人们去看戏，生来善演戏的人们来演戏。上帝造人，原来就不只是用一个模型。近代心理学家对于人类原型的分别已经得到许多有意义的发现，很可以作解决本问题的参考。最显著的是荣格（Jung）的“内倾”与“外倾”的分别。内倾者（Introvert）倾心力向内，重视自我的价值，好孤寂，喜默想，无意在外物界发动变化；外倾者（Extrovert）倾心力向外，重视外界事物的价值，好社交，喜活动，常要在外物界起变化而无暇返观默省。简括地说，内倾者生来爱看戏，外倾者生来爱演戏。

人生来既有这种类型的分别，人生理想既大半受性格决定，生来爱看戏的以看为人生归宿，生来爱演戏的以演为人生归宿，就是理所当然的事了。双方各有乐趣，各是人生的实现，我们各不妨阿其所好，正不必强分高下，或是勉强一切人都走一条路。人性不只是一样，理想不只是一个，才见得这世界的恢阔和人生的丰富。犬儒派哲学家第欧根尼（Diogenes）静坐在一个木桶里默想，勋名盖世的亚历山大大帝慕名去访他，他在桶里坐着不动。客人介绍自己说：“我是亚历山大大帝。”他回答说：“我是犬儒第欧根尼。”客人问：“我有什么可以帮你的忙么？”他回答：“只请你站开些，不要挡着太阳光。”这样就匆匆了结一个有名的会晤。

亚历山大大帝觉得这犬儒甚可羡慕，向人说过一句心里话：“如果我不是亚历山大，我很愿做第欧根尼。”无如他是亚历山大，这是一件前生注定丝毫不能改动的事，他不能做第欧根尼。这是他的悲剧，也是一切人所同有的悲剧。但是这亚历山大究竟是一个了不起的人物，是亚历山大而能见到做第欧根尼的好处。比起他来，第欧根尼要低一层。“不要挡着太阳光！”那句话含着几多自满与骄傲，也含着几多偏见与狭量啊！

要较量看戏与演戏的长短，我们如果专请教于书本，就很难得公平。我们要记得：柏拉图、庄子、释迦、耶稣、但丁……这一长串人都是看戏人，所以留下一些话来都是袒护看戏的人生观。此外还有更多的人，像秦始皇、大流士、亚历山大、忽必烈、拿破仑……以及无数开山凿河、垦地航海的无名英雄毕生都在忙演戏，他们的人生哲学表现在他们的生活，所以不曾留下话来辩护演戏的人生观。他们是忠实于自己的性格，如果留下话来，他们也就势必变成看戏人了。据说罗兰夫人上了断头台，才想望有一支笔可以写出她的临终的感想。我们固然希望能读到这位女革命家的自供，可是其实这是多余的。整部历史，这一部轰轰烈烈的戏，不就是演戏人们的最雄辩的供状么？

英国散文家史蒂文森（R. L. Stevenson）在一篇叫作《步行》的小品文里有一段话说得很美，可惜我的译笔不能传出那话的风味，它的大意是：

我们这样匆匆忙忙地做事，写东西，挣财产，想在永恒时间的嘲笑的静默中有一刹那使我们的声音让人可以听见，我们竟忘掉一件大事，在这件大事之中这些事只是细目，那就是生活。我们钟情，痛饮，在地面来去匆匆，像一群受惊的羊。可是你得问问你自己：在一切完了之后，你原来如果坐在家里炉旁快快活活地想着，是否比较更好些。静坐着默想——记起女子们的面孔而不起欲念，想到人们的丰功伟业，快意而不羡慕，对一切事物和一切地方有同情的了解，而却安心留在你所在的地方和身份——这不是同时懂得智慧和德行，不是和幸福住在一起吗？说到究竟，能拿出会游行来开心的并不是那些扛旗子游行的人们，而是那些坐在房子里眺望的人们。

这也是一番袒护看戏的话。我们很能了解史蒂文森的聪明的打算，而且心悦诚服地随他站在一条线上——我们这批袖手旁观的人们。但是我们看了那出会游行而开心之后，也要深心感激那些扛旗子的人们。假如他们也都坐在房子里眺望，世间还有什么戏可看呢？并且，他们不也在开心么？你难道能否认？

（载《文学杂志》第2卷第2期，1947年7月）

生命

——我两次想到死，下意识中是否也有这种奢侈欲，我不敢断定。但是如今冷静地分析想死的心理，我敢说它和想长生的道理还是一样，都是对于生命的执着。

说起来已是二十年前的事了。如今我还记得清楚，因为那是我生平中一个最深刻的印象。有一年夏天，我到苏格兰西北海滨一个叫作爱约夏的地方去游历，想趁便去拜访农民诗人彭斯的草庐。那一带地方风景仿佛像日本内海而更曲折多变化。海湾伸入群山间成为无数绿水映着青山的湖。湖和山都老是那样恬静幽闲而且带着荒凉景象，几里路中不容易碰见一个村落，处处都是山、谷、树林和草坪。走到一个湖滨，我突然看见人山人海，男的女的、老的少的、穿深蓝大红衣服的、褴褛蹒跚的，蠕蠕蠢动，闹得喧天震地：原来那是一个有名的浴场。那是星期天，人们在城市里做了六天的牛马，来此过一天快活日子。他们在炫耀他们的服装，他们的嗜好，他们的皮肉，他们的欢爱，他们的文雅与村俗。像湖水的波涛汹涌一样，他们都投在生命的狂澜里，尽情享一日的欢乐。就在这么一个场合中，一位看来像是皮鞋匠的牧师在附近草坪中竖起一个讲台向寻乐的人们布道。他也吸引了一大群人。他喧嚷，群众喧嚷，湖水也喧嚷，他的话无从听清楚，只有“天国”“上帝”“忏悔”“罪孽”几个较熟的字眼偶尔可以分辨出来。那群众常是流动的，时而由湖水里爬上来看牧师，时而由牧师那里走下湖水。游泳的游泳，听道的听道，总之，都在凑热闹。

对着这场热闹，我伫立凝神一反省，心里突然起了一阵空虚寂寞的感觉，我思量到生命的问题。摆在我们面前的显然就是生命。我首先感到的是这生命太不调和。那么幽静的湖山当中有那么一大群嘈杂的人在嬉笑取乐，有如佛堂中的蚂蚁抢搬虫尸，已嫌不称；又加上两位牧师对着那些喝酒、抽烟、穿着游泳衣裸着胳膊大腿卖眼色的男男女女讲“天国”和“忏悔”，这岂不是对于生命的一个强烈的讽刺？约翰授洗者在沙漠中高呼救世主来临的消息，他的声音算是投在虚空中了。那位苏格兰牧师有什么可比的约翰？他以布道为职业，于道未必有所知见，不过剽窃一些空洞的教门中语扔到头脑空洞的人们的耳里，岂不是空虚而又空虚？推而广之，这世间一切，何尝不都是如此？比如那些游泳的人们在尽情欢乐，虽是热烈，却也很盲目，大家不过是机械地受生命的动物的要求在鼓动驱遣，太阳下去了，各自回家，沙滩又恢复它的本来的清寂，有如歌残筵散。当时我感觉空虚寂寞者在此。

但是像那一大群人一样，我也欣喜赶了一场热闹，那一天算是没有虚度，于今回想，仍觉那回事很有趣。生命像在那沙滩所表现的，有图画家所谓阴阳向背，你跳进去扮演一个角色也好，站在旁边闲望也好，应该都可以叫你兴高采烈。在那一顷刻，生命在那些人们中动荡，他们领受了生命而心满意足了，谁有权去鄙视他们，甚至于怜悯他们？厌世疾俗者一半都是妄自尊大，我惭愧我有时未能免俗。

孔子看流水，发过一个最深永的感叹，他说：“逝者如斯夫，不舍昼夜！”生命本来就是流动，单就“逝”的一方面来看，不免令人想到毁灭与空虚；但是这并不是有去无来，而是去的若不去，来的就不能来；生生不息，才能念念常新。莎士比亚说生命“像一个白痴说的故事，满是声响和愤激，毫无意义”。虽是慨乎言之，却不是一句见道之语。生命是一个说故事的人，虽老是抱着那么陈腐的“母题”转，而每一顷刻中的故事却是新鲜的，自有意义的。这一顷刻中有了新鲜有意义的故事，这一顷刻中我们心满意足了，这一顷刻的生命便不能算是空虚。生命原是一顷刻接着一顷刻地实现，好在它“不舍昼夜”。算起总账来，层层实数相加，决不会等于零。人们不抓住每一顷刻在实现中的人生，而去追究过去的原因与未来的究竟，那就犹如在相加各项数目的总和之外求这笔加法的得数。追究最初因与最后果，都要走到“无穷追溯”（Reductio ad infintum）。这道理哲学家们本应知道，而爱追究最初因与最后果的偏偏是些哲学家们。这不只是不谦虚，而且是不通达。一件事物实现了，它的形象在那里，它的原因和目的也就在那里。种中有果，果中也有种，离开一棵植物无所谓种与果，离开种与果也无所谓一棵植物（像我的朋友废名先生在他的《阿赖耶识论》里所说明的）。比如说一幅画，有什么原因和目的！它现出一个新鲜完美的形象，这岂不就是它的生命，它的原因，它的目的？

且再拿这幅画来比譬生命。我们过去生活正如画一幅画，当前我们所要经心的不是这幅画画成之后会有怎样一个命运，归于永恒或是归于毁灭，而是如何把它画成一幅画，有画所应有的形象与生命。不求诸抓得住的现在而求诸渺茫不可知的未来，这正如佛经所说的身怀珠玉而向他人行乞。但是事实上许多人都在未来的永恒或毁灭上打计算。波斯大帝带着百万大军西征希腊，过海勒斯朋海峡时，他站在将台看他的大军由船桥上源源不绝地渡过海峡，他忽然流涕向他的叔父说："我想到人生的短促，看这样多的大军，百年之后，没有一个人还能活着，心里突然起了阵哀悯。"他的叔父回答说："但是人生中还有更可哀的事咧，我们在世的时间虽短促，世间没有一个人，无论在这大军之内或在这大军之外，能够那样幸运，在一生中不有好几次不愿生而宁愿死。"这两人的话都各有至理，至少是能反映大多数人对于生命的观感。嫌人生短促，于是设种种方法求永恒。秦皇汉武信方士，求神仙，以及后世道家炼丹养气，都是妄想所谓"长生"。"服食求神仙，多为药所误，不如饮美酒，被服纨与素"，这本是诗人愤疾之言，但是反话大可作正话看；也许作正话看，还有更深的意蕴。说来也奇怪，许多英雄豪杰在生命的流连上都未能免俗。我因此想到曹孟德的遗嘱：

吾死之后，葬于邺之西冈上，妾与妓人皆着铜雀台，台上施六尺床，下穗帐。朝晡上酒脯粻糒[35]之属，每月朔十五，辄向帐前作伎，汝等时

35 粻糒：zhāng bèi，粮食，干饭。

登台，望吾西陵墓田。[36]

他计算得真周到，可怜虫！谢朓说得好：

穗帷飘井干，樽酒若平生。

郁郁西陵树，讵[37]闻歌吹声！

孔子毕竟是达人，他听说桓司马自为石郭，三年而不成，便说“死不如速朽之为愈也”。谈到朽与不朽问题，这话也很难说。我们固无庸计较朽与不朽，朽之中却有不朽者在。曹孟德朽了，铜雀台妓也朽了，但是他的那篇遗嘱，何逊谢朓李贺诸人的铜雀台诗，甚至于铜雀台一片瓦，于今还叫讽咏摩娑的人们欣喜赞叹。“前水复后水，古今相续流”，历史原是纳过去于现在，过去的并不完全过去。其实若就种中有果来说，未来的也并不完全未来。这现在一顷刻实在伟大到不可思议，刹那中自有终古，微尘中自有大千，而汝心中亦自有天国。这是不朽的第一义谛。

相反两极端常相交相合。人渴望长生不朽，也渴望无生速朽。我们回到波斯大帝的叔父的话：“世间没有一个人在一生中不有好几次不愿生宁愿死。”痛苦到极点想死，一切自杀者可以为证；快乐到极点也

36 此遗嘱内容与《三国志》中《遗令》不一样。——编者注

37 讵：jù，岂，怎。

还是想死，我自己就有一两次这样经验，一次是在二十余年前一个中秋前后，我乘船到上海，夜里经过焦山，那时候大月亮正照着山上的庙和树，江里的细浪像金线在轻轻地翻滚，我一个人在甲板上走，船上原是载满了人，我不觉得有一个人，我心里那时候也有那万里无云、水月澄莹的景象，于是非常喜悦，于是突然起了脱离这个世界的愿望。另外一次也是在秋天，时间是傍晚，我在北海里的白塔顶上望北平城里的楼台烟树，望到西郊的远山，望到将要下去的红烈烈的太阳，想起李白的"西凤残照，汉家陵阙"那两个名句，觉得目前的境界真是苍凉而雄伟，当时我也感觉到我不应该再留在这个世界里。我自信我的精神正常，但是这两次想死的意念真来得突兀。诗人济慈在《夜莺歌》里于欣赏一个极幽美的夜景之后，也表示过同样的愿望，他说：

Now more than ever seems it rich to die.

现在死相比任何时都较丰富。

他要趁生命最丰富的时候死，过了那良辰美景，死在一个平凡枯燥的场合里，那就死得不值得。甚至于死本身，像鸟歌和花香一样，也可成为生命中一种奢侈的享受。我两次想念到死，下意识中是否也有这种奢侈欲，我不敢断定。但是如今冷静地分析想死的心理，我敢说它和想长生的道理还是一样，都是对于生命的执着。想长生是爱着生命不肯放手，想死是怕放手轻易地让生命溜走，要死得痛快才算活得痛快，死还是为着活，为着活的时候心里一点快慰。好比贪吃的人想趁吃大鱼大肉的时候死，怕的是将来吃不到那样好的，根本还是由于他贪吃，否则将来吃不到那样好的，对于他毫不感威胁。

生命的执着属于佛家所谓“我执”，人生一切灾祸罪孽都由此起。佛家针对着人类的这个普遍的病根，倡无生，破我执，可算对症下药。但是佛家也并不曾主张灭生灭我，不曾叫人类作集体的自杀，而只叫人明白一般人所希求的和所知见的都是空幻。还不仅此，佛家在积极方面还要慈悲救世，对于生命是取护持的态度。舍身饲虎的故事显示我们为着救济他生命，须不惜牺牲己生命。我心里对此尝存一个疑惑：既证明生命空幻而还要这样护持生命是为什么呢？目前我对于佛家的了解还不够使我找出一个圆满的解答。不过我对于这生命问题倒有一个看法，这看法大体源于庄子。（我不敢说它是否合于佛家的意思。）庄子尝提到生死问题，在《大宗师》篇说得尤其透辟。在这篇里他着重一个“化”字，我觉得这“化”字非常之妙。中国人称造物为“造化”，万物为“万化”。生命原就是化，就是流动与变易。整个宇宙在化，物在化，我也在化。只是化，并非毁灭。草木虫鱼在化，它们并不因此而有所忧喜，而全体宇宙也不因此而有所损益。何以我独于我的化看成世间一件大了不起的事呢？我特别看待我的化，这便是“我执”。庄子对此有一段妙喻：

今大冶铸金，金踊跃曰：“我且必为莫邪[38]”，大冶必以为不祥之金。

38 莫邪：《庄子·大宗师》中为镆铘。——编者注今一犯人之形，而曰：“人耳，人耳”，夫造化者必以为不祥之人。今一以天地为大炉，以造化为大冶，恶乎往而不可哉？成然寐，蘧[39]然觉。

在这个比喻里，庄子破了“我执”，也解决了生死问题。人在造化手里，听他铸，听他“化”而已，强立物我分别，是为不祥。庄子所谓寐觉，是比喻生死。睡一觉醒过来，本不算一回事，生死何尝不如此？寐与觉为化，生与死也还是化。庄周梦为蝴蝶，则“栩栩然蝴蝶也”；“俄然觉，则蘧蘧然周也”；生而为人，死而化为鼠肝虫背，都只有听之而已。在生时这个我在大化流行中有他的妙用，死后我的化形也还是如此，庄子说：

浸假而化予之左臂以为鸡，予因以求时夜；浸假而化予之右臂以为弹，予因以求鸮[40]炙……

物质毕竟是不灭的，漫说精神。试想宇宙中有几许因素来化成我，我死后在宇宙中又化成几许事物，经过几许变化，发生几许影响，这是何等伟大而悠久、丰富而曲折的一个游历、一个冒险？这真是所谓“逍遥游”！

这种人生态度就是儒家所谓“赞天地之化育”，郭象所谓“随变任化”（见《大宗师》篇“相忘以生”句注），翻成近代语就是“顺从自然”。我不愿辩护这种态度是否为颓废的或消极的，懂得的人自会懂得，无庸以

39 蘧：qú，（1）悠然自得貌；（2）高耸貌。

40 鸮：xiāo，鸟名，俗称猫头鹰。

口舌争。近代人说要“征服自然”，道理也很正大。但是怎样征服？还不是要顺从自然的本性？严格地说，世间没有一件不自然的事，也没一件事能不自然。因为这个道理，全体宇宙才是一个整一融贯的有机体，大化运行才是一部和谐的交响曲，而Cosmos不是Chaos。人的最聪明的办法是与自然合拍，如草木在和风丽日中开着花叶，在严霜中枯谢，如流水行云自在运行无碍，如“鱼相与忘于江湖”。人的厄运在当着自然的大交响曲“唱翻腔”，来破坏它的和谐。执我执法，贪生想死，都是“唱翻腔”。

孔子说过：“朝闻道，夕死可矣。”人难能的是这“闻道”。我们谁不自信聪明，自以为比旁人高一着？但是谁的眼睛能跳开他那“小我”的圈子而四方八面地看一看？谁的脑筋不堆着习俗所扔下来的一些垃圾？每个人都有一个密不通风的“障”包围着他。我们的“根本惑”像佛家所说的，是“无明”。我们在这世界里大半是“盲人骑瞎马”，横冲直撞，怎能不闯祸事！所以说来说去，人生最要紧的事是“明”，是“觉”，是佛家所说的“大圆镜智”。法国人说“了解一切，就是宽恕一切”；我们可以补上一句“了解一切，就是解决一切”。生命对于我们还有问题，就因为我们对它还没有了解。既没有了解生命，我们凭什么对付生命呢？于是我想到这世间纷纷扰攘的人们。

（载《文学杂志》第2卷第3期，1947年8月）

从“凡人皆有死”到“苏格拉底有死”

——从这个粗浅的研究看，我们可以知道历来论理学家所奉为金科玉律的三段论法是露着许多破绽的，凡是我们以为无可置疑的大道理，稍经研究，问题便会源源而来。

科教书里有许多话，你一眼看去，都像是绝对真理，可是你倘若稍加分剖，问题就纷纷而来了。比方论理学[41]上有所谓“三段论法”就是一个实例。

什么叫作三段论法呢？你只须打开那一本论理学教课书，大概都会找出下面的一个老例子：

凡人皆有死，

苏格拉底是人，

所以苏格拉底有死。

像这样的三段论法，你头脑只要略一活动，大半都是应用它。比方你清早爬起床来，知道太阳不是从西方出来的，因为你见过太阳天天

41 论理学：逻辑学的旧称。——编者注

都从东方起山。你眼睛一瞥，看见日历上今日是星期五，你便记起今日有数学，因为你那一班每星期五都有数学。你走下楼梯，不敢一步从楼上跳到楼下，因为你知道从楼上一步跳到楼下，你的腿会折断。午餐时你留一位湖南朋友吃饭，你叫厨子特别预备辣子，因为你心里想，凡湖南人都甚欢吃辣子。诸如此类，诸如此类。一言以蔽之，三段论法。

三段论法既如此神通广大，所以论理学家——从亚里士多德以至于教你论理学的那位先生——把它看作无上至宝，并且奉上一些叫你我听着吐舌的“学语”，比方上面的老例子里，第一句“凡人皆有死”叫作什么“大前提”，第二句“苏格拉底是人”叫作什么“小前提”，而第三句“所以苏格拉底有死”就是“结论”。这三段论法整个的又叫作“演绎推理”。所谓演绎推理者是说从已知普遍原理抽绎出未知个别事例。如果跟严又陵先生说哩，这是“由全及偏”的推理。说到“由全及偏”，你也许想到“由偏及全”。不错，论理学上是有这个玩意儿。比方上面“凡人皆有死”一句大前提怎样得来的呢？就是“由偏及全”的推理的结果。写成式子，就像这样：

张三李四……等等是人，

张三李四……等等有死。

所以凡人皆有死。

这还不是三段论法？自然，所以三段论法真是神通广大！不过论理学家说，这种三段论法犯着“媒词不周延”的谬误。这话怎样讲，我们且不去管。如今单说这种“由偏及全”的三段论法叫作“归纳推理”，因为它根据许多个别事例而归纳到一个普遍原理。论理学家说，你如果懂得归纳又懂得演绎，就懂一切推理；如果你懂得三段论法（至少形式派论理学者是如此说），你就懂得归纳，又懂得演绎。所以你如果想学论理学，须先请教三段论法。

我开端不说许多真理，经过考究以后就会成为问题么？我再把老朋友请出来：

凡人皆有死，

苏格拉底是人，

所以苏格拉底有死。

你且莫要读下去，想想你对这三段论法有问题没有？

你自然说，这是正当道理。从前许多论理学者也都说这是正当道理。

但是英国的穆勒偏说这是荒谬而又荒谬。他说，假若我们不知道苏格拉底有死，我们何以知道凡人皆有死？并且，假若我们不知道苏格拉底有死，我们何以能说苏格拉底是人？这个三段论法本来是要证明苏格拉底有死的，而用以证明的两前提都假定将待证明的结论在内。就论理学规律说，这是犯了“窃取论点”的谬误。就实际说，推理的目的在发见新理，而苏格拉底有死并不能算是新发见的真理。

因此穆勒把论理学家父传子子传孙的“由全及偏”的三段论打得粉碎。依他看，凡是推理都是“由偏及偏”。比方你知道爱因斯坦将来是会死的，你并非拿“凡人皆有死”做根据，因为你并没有数尽古往今来的人，你所依为根据的只是“张三李四等等人皆有死”，因为这都是你耳目见闻过的。如果写成三段论法我们可得下式：

张三李四等等人皆有死（偏），

爱因斯坦是人，

所以爱因斯坦有死（偏）。

这个推理就显然是“由偏及偏”。

如果你是一个形式派论理学者，你一定要告诉穆勒说：“你这种推理犯着媒词不周延的谬误呀！”但是穆勒有现成的话回答你，他根本就否认三段论法，所以他不受三段论法的规律束缚。而且穆勒是经验派的老祖，而经验派学者都以为真理不是一成不变的，是暂时假定以备测试的。换句话说，一切推理所得的结论都是“假说”。假说是否确实，要看它与新事例是否符合而定。杜威说，真理只是一种钞票，其价值如何，要看它能兑现不能兑现。这就是和穆勒一鼻孔出气的。

所以“媒词不周延”的大道理不能闭穆勒的口。但是我们还要问，爱因斯坦既非张三，又非李四，我们何以能由张三李四之死推到爱因斯坦之死呢？穆勒说，我们所根据的是爱因斯坦和张三李四的类似点。拿式子来说，这话是这样解：

张三李四等皆有死，

就身体构造及生活需要言，爱因斯坦类似张三李四等，

则就有死一点言，爱因斯坦也应该类似张三李四等。

这里穆勒的破绽就露出来了。批评穆勒者马上会说，这种推理并非由偏及偏，因为推理根据不是张三李四等，而是爱因斯坦与张三李四的类似点。这种类似点表之于语言，就是全称判断。上列推理实如下式：

凡身体构造及生活需要如张三李四者皆有死，

爱因斯坦身体构造及生活需要如张三李四等，

所以爱因斯坦有死。

观此，则穆勒所谓“由偏及偏”实际上是“由全及偏”，而他所谓归纳法，实际上还是应用他所攻击的三段论法。这个批评在穆勒死后才提出，所以我不知道穆勒应该如何答辩。

穆勒以后，像布拉德雷和鲍申葵一般人又在这歪歪倒倒的三段论法上打了几拳。

第一，他们说，大前提（凡人皆有死）是假借来的，其真假如何，在本三段论法是看不出来的。假若大前提不的确，结论就靠不住。比方

你以为“天下老鸦一般乌”，倘若你遇见一个老鸦实在不是乌的，你也只得说乌，未免为三段论法所误了，而且被假借得来的大前提自身也是由另一三段论法得来的，而此另一三段论法所用的大前提又是由另一三段论法得来的。如此推寻上去，到最后你总得抵到不能证明的前提。三段论法是用以证明的，而它的最后根据还是不可证明的。那么，它哪里值得一文钱！

第二，三段论法名为演绎推理，而许多演绎推理却不能表以三段论法。比方说：

（1）甲在乙之右，乙在丙之右，所以甲在丙之右。

（2）甲等于乙，乙等于丙，所以甲等于丙。

（3）孔子生于释迦前，释迦生于耶稣前，所以孔子生于耶稣前。

（4）一斗米值八角钱，这是五升米，所以值四角钱。

（5）查理第一是皇帝，他被斩首了，所以皇帝也许被斩首。

这几条谁说不是丝毫不错的推理？然而照三段论法的规律说（1）（2）（3）（4）都有四个端词，而无媒词；（5）则有媒词而不周延，都是不合法的推理。数学是应用演绎法最广的科学，而数学中等式和比例式都不能表以三段论法，三段论法还有什么用处呢？

第三，三段论法只能得结论而不能明示结论的宾词之特性如何，它只能告诉你苏格拉底有死，而不能告诉你苏格拉底是怎样死。这个缺点，拿下列两式比较便可看出：

（一）凡受重力定律支配者其运动如此如此，

月球是受重力定律支配者，

所以月球运动如此如此。

（二）凡受重力定律支配者其运动如此如此，

车轮是受重力定律支配者，

所以车轮的运动如此如此。

从这两个例子看，我们可以看出三段论法不能发见月球的运动和车轮的运动有何分别。科学的用处在辨别异点，而三段论法是不能帮助的，这也是它的大缺点。

这是关于三段论法的一种粗浅的研究，论理学家们你攻击我辩护，还更闹得“不亦乐乎”。但是从这个粗浅的研究看，我们可以知道历来论理学家所奉为金科玉律的三段论法是露着许多破绽的；我们并且可以知道，凡是我们以为无可置疑的大道理，稍经研究，问题便会源源而来的。

（载《一般》第2卷第3期，1927年3月）

朝抵抗力最大的路径走

——我缺乏超人的意志，不能拼死往里钻，只朝抵抗力最低的路径走。

我提出这个题目来谈，是根据一点亲身的经验。有一个时候，我学过作诗填词。往往一时兴到，我信笔直书，心里想到什么，就写什么，写成了自己读读看，觉得很高兴，自以为还写得不坏，后来我把这些处女作拿给一位精于诗词的朋友看，请他批评，他仔细看了一遍后，很坦白地告诉我说："你的诗词未尝不能作，只是你现在所作的还要不得。"我就问他："毛病在哪里呢？"他说："你的诗词都来得太容易，你没有下过力，你欢喜取巧，显小聪明。"听了这话，我捏了一把冷汗，起初还有些不服，后来对于前人作品多费过一点心思，才恍然大悟那位朋友批评我的话真是一语破的。我的毛病确是在没有下过力。我过于相信自然流露，没有知道第一次浮上心头的意思往往不是最好的意思，第一次浮上心头的词句也往往不是最好的词句。意境要经过洗炼，表现意境的词句也要经过推敲，才能脱去渣滓，达到精妙世界。洗炼推敲要吃苦费力，要朝抵抗力最大的路径走。福楼拜自述写作的辛苦说："写作要超人的意志，而我却只是一个人！"我也有同样感觉，我缺乏超人的意志，不能拼死往里钻，只朝抵抗力最低的路径走。

这一点切身的经验使我受到很深的感触。它是一种失败，然而从这种失败中我得到一个很好的教训。我觉得不但在文艺方面，就在立身处世的任何方面，贪懒取巧都不会有大成就，要有大成就，必定朝抵抗力最大的路径走。

“抵抗力”是物理学上的一个术语。凡物在静止时都本其固有“惰性”而继续静止，要使它动，必须在它身上加“动力”，动力愈大，动愈速愈远。动的路径上不能无抵抗力，凡物的动都朝抵抗力最低的方向。如果抵抗力大于动力，动就会停止，抵抗力纵是低，聚集起来也可以使动力逐渐减少以至于消灭，所以物不能永动，静止后要它续动，必须加以新动力。这是物理学上一个很简单的原理。也可以应用到人生上面。人像一般物质一样，也有惰性，要想他动，也必须有动力。人的动力就是他自己的意志力。意志力愈强，动愈易成功；意志力愈弱，动愈易失败。不过人和一般物质有一个重要的分别：一般物质的动都是被动，使它动的动力是外来的；人的动有时可以是主动，使他动的意志力是自生自发自给自足的。在物的方面，动不能自动地随抵抗力之增加而增加；在人的方面，意志力可以自动地随抵抗力之增加而增加，所以物质永远是朝抵抗力最低的路径走，而人可以超抵抗力最大的路径走。物的动必终为抵抗力所阻止，而人的动可以不为抵抗力所阻止。

照这样看，人之所以为人，就在能不为最大的抵抗力所屈服。我们如果要测量一个人有多少人性，最好的标准就是他对于抵抗力所拿出的抵抗力，换句话说，就是他对于环境困难所表现的意志力。我在上文说过，人可以朝抵抗力最大的路径走，人的动可以不为抵抗力所阻。我说“可以”不说“必定”，因为世间大多数人仍是惰性大于意志力，欢喜朝抵抗力最低的路径走，抵抗力稍大，他就要缴械投降。这种人在事实上失去最高生命的特征，堕落到无生命的物质的水平线上，和死尸一样东推东倒，西推西倒。他们在道德学问事功各方面都决不会有成就，万一以庸庸得厚福，也是叨天之幸。

人生来是精神所附丽的物质，免不掉物质所常有的惰性。抵抗力最低的路径常是一种引诱，我们还可以说，凡是引诱所以能成为引诱，都因为它是抵抗力最低的路径，最能迎合人的惰性。惰性是我们的仇敌，要克服惰性，我们必须动员坚强的意志力，不怕朝抵抗力最大的路径走。走通了，抵抗力就算被征服，要做的事也就算成功。举一个极简单的例子。在冬天早晨，你睡在热被窝里很舒适，心里虽知道这应该是起床的时候而你总舍不得起来。你不起来，是顺着惰性，朝抵抗力最低的路径走。被窝的暖和舒适，外面的空气寒冷，多躺一会儿的种种借口，对于起床的动作都是很大的抵抗力，使你觉得起床是一件天大的难事。但是你如果下一个决心，说非起来不可，一耸身你也就起来了。这一起来事情虽小，却表示你对于最大抵抗力的征服，你的企图的成功。

这是一个琐屑的事例，其实世间一切事情都可作如此看法。历史上许多伟大人物所以能有伟大成就者，大半都靠有极坚强的意志力，肯向抵抗力最大的路径走。例如孔子，他是当时一个大学者，门徒很多，如果他贪图个人的舒适，大可以坐在曲阜过他安静的学者的生活。但是他毕生东奔西走，席不暇暖，在陈绝过粮，在匡遇过生命的危险，他那副奔波劳碌栖栖遑遑的样子颇受当时隐者的嗤笑。他为什么要这样呢？就因为他有改革世界的抱负，非达到理想，他不肯甘休。《论语》长沮桀溺章最足见出他的心事。长沮、桀溺二人隐在乡下耕田，孔子叫子路去向他们问路，他们听说是孔子，就告诉子路说：“滔滔者天下皆是也，而谁以易之！”意思是说，于今世道到处都是一般糟，谁去理会它，改革它呢？孔子听到这话叹气说：“鸟兽不可与同群，吾非斯人之徒与而谁与？天下有道，丘不与易也。”意思是说，我们既是人就应做人所应该做的事；如果世道不糟，我自然就用不着费气力去改革它。孔子平生所说的话，我觉得这几句最沉痛、最伟大。长沮、桀溺看天下无道，就退隐躬耕，是朝抵抗力最低的路径走，孔子看天下无道，就牺牲一切要拼命去改革它，是朝抵抗力最大的路径走。他说得很干脆：“天下有道，丘不与易也。”

再如耶稣，从《新约》中四部福音看，他的一生都是朝抵抗力最大的路径走。他抛弃父母兄弟，反抗当时旧犹太宗教，攻击当时的社会组织，要在慈爱上建筑一个理想的天国，受尽种种困难艰苦，到最后牺牲了性命，都不肯放弃了他的理想。在他的生命史中有一段是一发千钧的危机。他下决心要宣传天国福音后，跑到沙漠里苦修了四十昼夜。据他的门徒的记载，这四十昼夜中他不断地受恶魔引诱。恶魔引诱他去争尘世的威权，去背叛上帝，崇拜恶魔自己。耶稣经过四十昼夜的挣扎，终于拒绝恶魔的引诱，坚定了对于天国的信念。从我们非教徒的观点看，这段恶魔引诱的故事是一个寓言，表示耶稣自己内心的冲突。横在他面前的有两路：一是上帝的路，一是恶魔的路。走上帝的路要牺牲自己，走恶魔的路他可以握住政权，享受尘世的安富尊荣。经过了四十昼夜的挣扎，他决定了走抵抗力最大的路——上帝的路。

我特别在耶稣生命中提出恶魔引诱的一段故事，因为它很可以说明宋明理学家所说的天理与人欲的冲突。我们一般人尽善尽恶的不多见，性格中往往是天理与人欲杂糅，有上帝也有恶魔，我们的生命史常是一部理与欲、上帝与恶魔的斗争史。我们常在歧途徘徊，理性告诉我们向东，欲念却引诱我们向西。在这种时候，上帝的势力与恶魔的势力好像摆在天平的两端，见不出谁轻谁重。这是“一发千钧”的时候，“一失足即成千古恨”，一挣扎立即可成圣贤豪杰。如果要上帝的那一端天平沉重一点，我们必须在上面加一点重量，这重量就是拒绝引诱，克服抵抗力的意志力。有些人在这紧要关头拿不出一点意志力，听惰性摆布，轻轻易易地堕落下去，或是所拿的意志力不够坚决，经过一番冲突之后，仍然向恶魔缴械投降。例如洪承畴本是明末一个名臣，原来也很想效忠明朝，恢复河山，清兵入关后，大家都预料他以死殉国，清兵百计劝诱他投降，他原也很想不投降，但是到最后终于抵不住生命的执着与禄位的诱惑，做了明朝的汉奸。再举一个眼前的例子，汪精卫前半生对于民族革命很努力，当这次抗战开始时，他广播演说也很慷慨激昂。谁料到他的利禄熏心，一经敌人引诱，就起了卖国叛党的坏心事。依陶希圣的记载，他在上海时似仍感到良心上的痛苦，如果他拿出一点意志力，及早回头，或以一死谢国人，也还不失为知过能改的好汉。但是他拿不出一点意志力，就认错做错，甘心认贼作父。世间许多人失节败行，就像汪精卫、洪承畴之流，在紧要关头，不肯争一口气，就马马虎虎地朝抵抗力最低的路径走。

这是比较显著的例，其实我们涉身处世，随时随地目前都横着两条路径，一是抵抗力最低的，一是抵抗力最大的。比如当学生，不死心踏地去做学问，只敷衍功课，混分数文凭；毕业后不拿出本领去替社会服务，只奔走巴结，夤缘幸进，以不才而在高位；做事时又不把事当事做，只一味因循苟且，敷衍公事，甚至于贪污淫逸，遇钱即抓，不管它来路正当不正当——这都是放弃抵抗力最大的路径而走抵抗力最低的路径。这种心理如充类至尽，就可以逐渐使一个人堕落。我当穷究目前中国社会腐败的根源，以为一切都由于懒。懒，所以苟且因循敷衍，做事不认真；懒，所以贪小便宜，以不正当的方法解决个人的生计；懒，所以随俗浮沉，一味圆滑，不敢为正义公道奋斗；懒，所以遇引诱即堕落，个人生活无纪律，社会生活无秩序。知识阶级懒，所以文化学术无进展；官吏懒，所以政治不上轨道；一般人都懒，所以整个社会都“吊儿郎当”暮气沉沉。懒是百恶之源，也就是朝抵抗力最低的路径走。如果要改造中国社会，第一件心理的破坏工作是除懒，第一件心理的建设工作是提倡奋斗精神。

生命就是一种奋斗，不能奋斗，就失去生命的意义与价值；能奋斗，则世间很少不能征服的困难。古话说得好，“有志者事竟成”。希腊最大的演说家是德摩斯梯尼，他生来口吃，一句话也说不清楚，但他抱定决心要成为一个大演说家，他天天一个人走到海边，向着大海练习演说，到后来居然达到了他的志愿。这个实例阿德勒派心理学家常喜援引。依他们说，人自觉有缺陷，就起“卑劣意识”，自耻不如人，于是心中就起一种“男性的抗议”，自己说我也是人，我不该不如人，我必用我的意志力来弥补天然的缺陷。阿德勒派学者用这原则解释许多伟大人物的非常成就，例如聋子成为大音乐家，瞎子成为大诗人之类。我觉得一个人的紧要关头在起“卑劣意识”的时候。起“卑劣意识”是知耻，孔子说得好，“知耻近乎勇”。但知耻虽近乎勇而却不就是勇。能勇必定有阿德勒派所说的“男性的抗议”。“男性的抗议”就是认清了一条路径上抵抗力最大而仍然勇往直前，百折不挠。许多人虽天天在“卑劣意识”中过活，却永不能发“男性的抗议”，只知怨天尤人，甚至于自己不长进，希望旁人也跟着他不长进，看旁人长进，只怀满肚子醋意。这种人是由知耻回到无耻，注定的要堕落到十八层地狱，永不超生。

能朝抵抗力最大的路径走，是人的特点。人在能尽量发挥这特点时，就足见出他有富裕的生活力。一个人在少年时常是朝气勃勃，有志气，肯干，觉得世间无不可为之事，天大的困难也不放在眼里。到了年事渐长，受过了一些折磨，他就逐渐变成暮气沉沉，意懒心灰，遇事都苟且因循，得过且过，不肯出一点力去奋斗。一个人到了这时候，生活力就已经枯竭，虽是活着，也等于行尸走肉，不能有所作为了。所以一个人如果想奋发有为，最好是趁少年血气方刚的时候，少年时如果能努力，养成一种勇往直前百折不挠的精神，老而益壮，也还是可能的。

一个人的生活力之强弱，以能否朝抵抗力最大的路径为准，一个国家或是一个民族也是如此。这个原则有整个的世界史证明。姑举几个显著的例，西方古代最强悍的民族莫如罗马人，我们现在说到能吃苦肯干，重纪律，好冒险，仍说是“罗马精神”。因其有这种精神，所以罗马人东征西讨，终于统一了欧洲，建立一个庞大的殖民帝国。后来他们从殖民地获得丰富的资源，一般罗马公民都可以坐在家里不动而享受富裕的生活，于是变成骄奢淫逸，无恶不为，一到新兴的“野蛮”民族从欧洲东北角向南侵略，罗马人就毫无抵抗而分崩瓦解。再如清朝，他们在入关以前过的是骑猎生活，民性最强悍，很富于吃苦冒险的精神，所以到明末张李之乱社会腐败紊乱时，他们以区区数十万人之力就能入主中夏。可是他们做了皇帝之后，一切皇亲国戚都坐着不动吃皇粮，享大位，过舒服生活，不到三百年，一个新兴民族就变成腐败不堪，辛亥革命起，我们就轻轻易易地把他们推翻了。我们如果要明白一个民族能够堕落到什么地步，最好去看看北平的旗人。

我们中华民族在历史上经过许多波折，从周秦到现在，没有哪一个时代我们不遇到很严重的内忧，也没有哪一个时代我们没有和邻近的民族挣扎，我们爬起来蹶倒，蹶倒了又爬起，如此者已不只若干次。从这简单的史实看，我们民族的生活力确是很强旺，它经过不断的奋斗才维持住它的生存权。这一点祖传的力量是值得我们尊重的。

于今我们又临到严重的关头了。横在我们面前的只有两条路，一是汪精卫和一班汉奸所走的，抵抗力最低的，屈服；一是我们全民族在蒋委员长领导之下所走的，抵抗力最大的，抗战。我相信我们民族的雄厚的生活力能使我们克服一切困难。不过我们也要明白，我们的前途困难还很多，抗战胜利只解决困难的一部分，还有政治、经济、文化、教育各方面的建设还需要更大的努力。一直到现在，我们所拿出来的奋斗精神还是不够。因循、苟且、敷衍，种种病象在社会上还是很流行。我们还是有些老朽，我们应该趁早还童。

孟子说："天将降大任于斯人也，必先苦其心志，劳其筋骨，饿其体肤，空乏其身，行拂乱其所为，所以动心忍性，增益其所不能。"于今我们的时代是"天将降大任于斯人"的时代了，孟子所说的种种磨折，我们正在亲领身受。我希望每个中国人，尤其是青年们，要明白我们的责任，本着大无畏的精神，不顾一切困难，向前迈进。

（载《朱光潜全集》第4卷，顾问叶圣陶、沈从文、季羡林，1987年8月）

给不管闲事的人们

——你不管闲事，事可能弄坏，而坏也可能坏到你自己头上。总之，不管闲事的人不能是一个社会的人，这就是说，不能是一个道德的人。

朋友们：

在不管闲事这一点上咱们是志同道合的。这并非偶然，咱们都是中国人，而中国人的骨髓里都有一种怕管闲事的血素，这是无数年代的传家之宝。所以我敢说我懂得你们，你们当然也会懂得我。所谓“英雄之见大抵略同”。今天偶然有空，写这封信聊当谈心。话像是多余的，仍不免尽于爱管闲事，还得请求原谅。

我首先推荐一部书，那是我在童年时代就听惯了因而熟记了的。开头一句是“昔时贤文”，大家就叫它《贤文》。这是咱们中国人处世哲学的结晶。其中有两句话是诸位都记得的：“各人自扫门前雪，不管他人瓦上霜。”这正是咱们不管闲事的人们的经典。你看这话说得多么漂亮，有哲理而且有诗意！不过也许正因为它诗意，它的哲理还嫌说得过于温和，不够彻底。他人瓦上霜是闲事，影响不到我，不用管，这是天经地义的；就是自家门前雪，既在门前，我走旁人也走，扫来还是多事。最干脆的办法是把门关起来，学袁安高卧。提起袁安——那位“雪满山中高士卧”的高士，是多么风雅，多么清高！咱们不爱管闲事，为的就是保持这种清高。你看，凡是爱管闲事的都是一些功利之徒，俗人，龌龊不堪。咱们当然比他们高一等，不屑与他们为伍，跟他们鬼混，同流合污！纵然咱们在其他方面不比他们高，只要不管闲事，就会显得比他们高。占便宜总是好的，消极抵抗就占了便宜，这便宜是太便宜了，为什么不占？爱管闲事的人们丢掉这个便宜不占，真是一班傻子！

为人处事总要有一套哲学。咱们的先圣先贤在这方面有极宝贵的教训，儒家谆谆告诫的是安分守己，道家谆谆告诫的是无为省事，数千年的经验证实了这智慧，哪里还有错的！事当然有时要有人管才行，但是世间爱管闲事的人多着呢，咱们不管，他们还是要管，“安邦治国平天下，自有周公孔圣人。”他们要管，咱们再去管，管就是多余的，是精力的浪费。他们也不管怎么办？咱们还是不管，反正“天倒大家当”，祸害哪里就会落在我一个人头上？况且天纵然塌下来，我可能躲在一个不当要冲的角落里——一个石缝或一堆死尸里——还可以幸免苟活。何况天不见得就倒？没有倒却就怕它倒，那真是“杞人忧天”，未免多事。再退一步说，天如果真正要倒的话，那是命运，难道你就能把它撑得起来？“违天者不祥”，听天由命，这是人的必要，也是人的美德，谁真正征服过自然？

天未必倒而你爱管闲事，天却有倒在你一个人头上的可能。这世间人不但污浊，不但愚蠢，而且也阴险残酷，咱们少惹他们为妙。比如说，你看见一个拿枪的人强奸一个女人，那事固然不对，可是受害的既不是你，你就得少管闲事，谨防他的枪向你的胸膛瞄准。你装着不知道，若无其事地走开，那就显得你很聪明。在你走开时，你不但要闭着眼睛，也要闭着良心。你不能起“是非之心”，“恻隐之心”和“羞恶之心”，这些劳什子一起来，你就不能不管闲事，或是挺身前去阻拦，或是呼援报警。那你就要准备牺牲自己，而牺牲自己是违反“明哲保身”的大原则的，而你当然属于“明哲”的一类。“明哲”的人在“是非之心”面前要马虎一点，在“恻隐之心”面前要麻木一点，在“羞恶之心”面前要隐忍一点，有这副本领才能不管闲事，也才能“保身”。且去看龟，学它们的办法，把头缩在硬壳里。它们明白“是非只为多开口，烦恼皆因强出头”那个大道理，所以它们在中国传说里和鹤联在一起，象征长寿。它们不但会“保身”，而且会“养身”。

社会毕竟是进步的。在不管事一点上，现在人比过去人还强。从前人还自扫门前雪，现在人不但门前雪不扫，就是门前粪也还是在“不管”之列。粪当然是臭不可闻，但是应付的办法除扫掉之外，还有一个更简单的，便是“掩鼻而过之”。鸵鸟看见猎户追近身旁，把头埋在沙漠里，于是就有了安全感。“掩鼻而过之”的心理有这鸵鸟的前例可援。大家都“掩鼻而过之”，粪就安若泰山，发挥它的最大的作用，永远无扫除之一日。社会一切恶浊现象都可以如门前粪一例看待。它们的存在由于我们的容忍。我不能容忍，不容忍要管闲事，而管闲事之要不得既已定为全称肯定的大前提，结论是很显然的。

习惯成自然。粪本是臭的，习惯了，就“如入鲍鱼之市，久而不闻其臭”。到了这个阶段，“掩鼻而过之”也还是多余的。“人皆有是非之心”，尽管是圣人说的话，倒未必尽然。你看于今社会上“是非”在哪里？许多人昧着良心贪污作弊，欺诈凌虐，许多人昧着良心造谣说谎，颠倒是非。在初起时，他们还惹愤恨厌恶，久而久之，多所见就少所怪，变态就变成常态，而常态反似变态。这就无异于说，是非完全颠倒过来了。这是咱们不管事的人们的胜利！

闲事不管，风凉话还得要说。国家大事不关我的事，“不关我的事”就是“闲事”的好定义，我自然用不着管。国家大事弄坏了怎样？我没有管，责任当然不在我身上。在谁身上？请问那班管闲事的人们。事情都是他们弄糟了，他们才罪该万死，与我不相干。谁让他们管事？这我却不知道，反正不关我的事。这是咱们不管闲事的人们的逻辑。比如说这次选举。选举既是民主国家的基础，政治的好坏就全靠选举得当不得当。如果选举本身有问题，你不赞成，你就得反对，努力把它弄得合理。如果它本身没有问题，你赞成或者至少你默认，你就得竞选，或者帮助旁人竞选。这是一般民主国民应有的逻辑。而你却另有一套逻辑，不赞成却也不作反对的表示，赞成却也不作拥护的表示，无论赞成与否，你一律不投票，你以为那是“闲事”，不用你管。可是选举在你不反对也不拥护的情形之下举行了，结果出来了，你袖手站在旁边大说其风凉话，说这里原则不对，那里手续不合，这人不配中选，那人不该落选。你很有先见地预料到这样产生的政府将来不会好，你很有义愤地慨叹中国事情之糟就糟在“这一批人”身上。所谓“这一批人”，你当然不在其列。天下无不是的自己，坏都坏在旁人。

一言以蔽之，闲事我不理，坏事别人承担。人们说这种心理是自私。不错，但自私是维护个体生存的大原则，谁逃得开它？不自私才爱管闲事，像孟子所说的“今人乍见孺子将入于井，则披发缨冠而往救之”正是爱管闲事。孺子入井，于你何干？你自己落下井淹死怎样办？你要自私就要残酷一点。处处学缩头乌龟，你也顾不得羞耻或正义感，你必须“混账”，说好听一点是“隐忍”。你不管闲事，事可能弄坏，而坏也可能坏到你自己头上，你的算盘或许打得不对。但是自私就免不掉有一点愚蠢。总之，不管闲事的人不能是一个社会的人，这就是说，不能是一个道德的人。话虽如此说，社会是闲事，道德也还是闲事，管它的。

英国哲学家霍布斯说在“自然状态”中，“是与非，公道与不公道的观念都没有地位”，而“人的生活是孤独的，贫穷的，龌龊的，残酷的，短促的”。好一个“自然状态”啊！那是咱们现在中国情形的写照，也是咱们不管闲事的人们的乌托邦，让咱们向它礼赞！

一个近于爱管闲事的人拜上

（载《周论》第1卷第10期，1948年3月）

叁 | 相去万余里，故人心尚尔

小泉八云

——如果到地狱里去，他能享美，他也乐意去的。这是他生平对于文艺的态度，在这幼年的自白中就露出萌芽了。

歌德曾经说过，作品的价值大小，要看它所唤起热情的浓薄。小泉八云（Lafcadio Hearn）值得我们注意，就在他对于人生和文艺，都是一个强烈的热情者。他所倾向的虽然是一种偏而且狭的浪漫主义，他的批评虽不免有时近于野狐禅，可是你读他的书札、他的演讲、他描写日本生活的小品文字，你总得被他的魔力诱惑。你读他以后，别的不说，你对于文学兴趣至少也要加倍浓厚些。他是第一个西方人，能了解东方的人情美。他是最善于教授文学的，能先看透东方学生的心孔，然后把西方文学一点一滴地灌输进去。初学西方文学的人以小泉八云为向导，虽非走正路，却是取捷径。在文艺方面，学者第一需要是兴趣，而兴趣恰是小泉八云所能给我们的。

我说小泉八云是一个西方人，严格说起，这句话不甚精确。他的文学兴趣是超国界的，他的行踪是漂泊无定的，他的世系也是东西合璧的。论他的生平，他生在希腊，长在爱尔兰、法国、美国和西印度，最后娶了日本妇人，入了日本籍。论他的血统，他是一个混种之混种。他的父亲名为爱尔兰人，而祖先据说是罗马（Roman）人和由埃及浪游到欧陆的一种野人（Gypsy）的后裔。他的母亲名为希腊人，据说在血源方面与阿拉伯人有关系。要明白小泉八云的个性，不可不记着他的血统。希腊人的锐敏的审美力，拉丁人的强烈的感官欲与飘忽的情绪，爱尔兰人的诙诡的癖性，东方民族的迷离梦幻的直觉，四者熔铸于一炉，其结果乃有小泉八云的天才和魔力。他的著作中有一种异域（Exotic）情调，在纯粹的英国人、法国人或任何国人的著作中都不易寻出的。

小泉八云的父亲是一个下级军官，驻扎在希腊的英属岛，因而娶下希腊女子。小泉八云出世未久，就随父母还爱尔兰。到了爱尔兰以后，刚离襁褓的小泉八云就落下生命苦海，漂泊终身了。他的家庭中遭遇种种惨变，父另娶，母再醮，他寄养在一个亲房叔祖母家，和他的父母就从此永远诀别了。他的亲属都是天主教徒，所以他自幼就受严厉的天主教的教育。他先进了一个英国天主教学校，据说因为好闹事，被学校斥退了。他在学校就以英文作文驰名。同学们因为他为人特别奇异，都欢喜同他玩。他的眼睛瞎了一个，就是在学校和同学们游戏打瞎的。后来他又转入法国天主教学校，所以他的法文很有根底。他生来是一个唯美主义者，对于宗教，始终格格不入。他在书札中曾提起幼时一段故事：

我做小孩时，须得照例去向神父自白罪过。我的自白总是老实不客气的。有一天，我向神父说："据说厉鬼尝变成美人引诱沙漠中的虔修者，我应该自白，我希望厉鬼也应该变成美人来引诱我，我想我决定受这引诱的。"神父本来是一位相貌堂堂的人，不轻于动气。那一次，他可怒极了。他站起来说：“我警告你，我警告你永远莫想那些事，你不知道你将来会后悔的！”神父那样严肃，使我又惊又喜。因为我想他既然这样郑重其词，也许我所希望的引诱果然会实现罢！但是俏丽的女魔们都还依旧留在地狱里！

如果到地狱里去，他能享美，他也乐意去的。这是他生平对于文艺的态度，在这幼年的自白中就露出萌芽了。在十六岁时，他的叔祖母破产，没有人资助他，他只得半途辍学，跑到伦敦去做苦工。在伦敦那样人山人海的城市中，一个孤单孱弱的孩子，如何能自谋生活？他有时睡在街头，有时睡在马房里。在一篇短文叫作《众星》（Stars）里面，有一段描写当时苦况说：

我脱去几件单薄衣服，卷成一个团子作枕头，然后赤裸裸地溜进马房草堆里去。啊，草床的安乐！在这第一遭的草床上我度去多少漫漫长夜！啊，休息的舒畅，干草的香气！上面我看着众星闪闪地在霜天中照着。下面许多马时时在那儿打翻叉脚。我听得见它们的呼吸，它们呼的气一缕一缕地腾到我面前。那庞大身躯的热气，把全房子通炙热了，干草也炙得很暖，我的血液也就流畅起来了——它们的生命简直就是我的炉火。

在这种境界中，他能恬然自乐，因为“他知道天上那万千历历的繁星个个都是太阳，而马却不知道”。

他在伦敦度去两年，也没有人知道他究竟如何撑持住他的肚皮；更没有人知道他如何七翻八转，就转到纽约。此时他已十九岁了。当时英国人想发财的都到美国旧金山去。小泉八云是否也有这种雄心，我们不知道。我们所知道的只是那里没有财临到他去发。叨天之幸，他遇着一个爱尔兰木匠，叙起乡谊，两下相投，他就留在木匠铺里充一个走卒。不多时，他又转到辛辛那提。他在三等车里，看见一位挪威女子，以为她是天仙化人，暗地里虔诚景仰。旁座人向他开玩笑说，“她明天下车了，你何以不去同她攀谈？”他以为这是渎亵神圣，置之不答。那人又问他何以两天两夜都不吃饭，他答腰无半文，那人便转过头谈别的事去了。他正在默念人情浇薄，猛然地后面有人持一块面包用带着外国口音的英语向他说：“拿去吃罢。”他回头看，这笑容满面的垂怜者便是那挪威少女。张皇失措中，他接着就慌忙地嚼下了。过后才想到忘记道谢，不尴不尬地去作不得其时的客气话，被她误会了，用挪威语说了一阵话，似乎含着怒意。过了三十五年，小泉八云作了一篇文章，叫作《我的第一遭奇遇》，还津津乐道这一饭之惠。

小泉八云在美洲东奔西走地度去二十余年之久。在这二十余年中，他经过变化甚多，本文不能详述。一言以蔽之，这二十余年是他生平最苦的时代，也是他死心塌地努力文学的时代。穷的时候，他在电话厂里做过小伙计，在餐馆里做过堂倌，在印刷所里做过排字人，他自己又开过五分钱一餐的小吃店。后来他由排字人而升为新闻报告者，由报告者而升为编辑者。他的大部分光阴都费在报馆里。他的职业虽变更无常，可是他自始至终，都认定文学是他的目标。窘到极点，他总记得他的使命。别的地方他最不检点，在文学方面他是最问良心的。尽管穷到没有饭吃，他决不去做自己所不欢喜做的文字去骗钱。他于书无所不窥，希腊的诗剧、印度的史诗、中国的神话、挪威的民间故事、俄国的近代小说、英国浪漫时代的诗和散文，他都下过仔细的功夫。法国的近代文学更是他所寝馈不舍的。我在上面说过，小泉八云具有拉丁民族的强烈的感官欲，所以他最能同情于法国近代作者。他是第一个介绍戈蒂耶（Gautier）、福楼拜（Flaubert）、莫泊桑一般人给英美读者。他又含有爱尔兰人的诙诡奇诞的嗜好，所以他爱读挪威、俄国、印度、日本诸国文学，因为这些文学中都含有一种魔性的不平常的情致与风味。

小泉八云生来就是一个妇女崇拜者。他的漂泊生涯中大部分固然是咸酸苦辣，却亦不乏甜的滋味。关于他早年的韵事，读者最好自己去读他的传记和书札。他的第一个妇人是一个黑奴女子。在辛辛那提充新闻记者时，他染过一次重病。这位黑奴女子替他照料汤药，颇致殷勤。病愈后，他就同她正式结婚。白人以白黑通婚为大逆不道，小泉八云遂因此为报馆所辞退。小泉八云动于一时情感，不惜犯众怒而娶黑奴女子，这本是他的本色。拉丁人之用情，来如疾雨，去如飘风；不久，他转过背到了日本，就忘掉黑妇人而另娶一日本女子，把自己的姓名和国籍都丢掉，跟妻族过活。他本名拉夫卡迪奥·赫恩（Lafcadio Hearn），娶日本妇后，才自称小泉八云，小泉是他的妻姓，八云是日本古地名，又是一首古诗的句首。在交友方面，小泉八云也是最反复无常的人。和你要好时，他把你捧入云端，和你翻脸时，他便把你置之陌路。他早年所缔造的好友，晚年都陆续地疏弃去。他自己的妹妹和他通过许多恳挚的信，到后来也突然中绝。她写信给他，他总是把空信封递回。有人说，他怕记起幼年家庭隐痛，所以他恝[42]然砍断这一条联想线索。

一切故人，他都遗弃了，可是有一个人他永远没有遗弃，——如果他所信的轮回说不虚诞，也许在另一境界中，这人和小泉八云享有上帝的非凡的恩宠！听过小泉八云的英文课的日本学生们或许还记得他每逢解释西文姓名，在粉板上写的例子回回都是伊莉莎白·比思兰（Elizabeth Bisland）。原来这位比思兰就是小泉八云久要不忘的丽友。像小泉八云自己，比思兰也早为境遇所窘，十七岁就离开她的父母，到新奥林斯去办报卖文过活。她很爱读小泉八云在报纸上所发表的文字，就写了一封信给他，表示她女孩子的天真烂漫的景仰。从此文学史上，卢梭（Rousseau）与福兰克菲夫人（Mme.de La Tour-Franqueville）、歌德与鲍蒂腊女士（Bettida Brentano）两段因缘以外，就添上一番佳话了。卢梭、歌德对于他们的崇拜者，都未免薄情，小泉八云总算能始终不渝。他给比思兰的信是一幅耽嗜文艺者的心理解剖图，页页都有诗情画意。他写信给她，最初还照例客气，后来除信封以外，就不称她为“比思兰女士”了。小泉八云在精神上受她的影响最深。在他的心目中，比思兰

42 恝：jiá，淡然。

是无量数玄秘心灵的结晶，是一种可望而不可攀的理想。他本来是一个心地驳杂的人，受过比思兰的影响以后，纯洁的情绪才逐渐从心灵的深处涌起。读小泉八云的作品，处处令人觉有肉的贪恋，也处处令人觉有灵的惊醒。肉的贪恋是从戈蒂耶、福楼拜、莫泊桑诸人传染来的；而灵的觉醒，则不能不归功于比思兰的熏陶。女性经过神秘化和神圣化以后，其影响之大，往往过于天地神祇，小泉八云写信给韦德幕夫人（Mrs. Wetmore）——二十年前的比思兰女士——仿佛也有这样自白。流俗人总祷祝天下有情人都成眷属，假若小泉八云和比思兰的关系再进一步，结果佳恶固不可必，而文学史上则不免减少一个纯爱好例，法国的安白尔（Jean Jacques Ampére）和列卡米（Mme. Recamier）夫人就要独美千古了。

小泉八云死后，比思兰把他生平所写的书札，搜集成三巨册，她自己又替他作了一篇一百五十几页的传冠在前面。从这篇传和编辑书札的方法看，我们不得不赞赏她的文学本领。她着墨很少，只把小泉八云自己说的话、写的信、作的文章和朋友们的回忆择要串成一气，而他的声音笑貌，便历历如在耳目。小泉八云的传有四五种之多。论详赡以铿纳德（Kennard）所著的为第一，可是许多佳篇妙语，经过间接语气的叙述法，不免减煞不少精彩；所以它终不及比思兰的大笔濡染，疏简而生动。

小泉八云到日本时年已四十。他本带着美国某报馆的委任，抵日本后，便丢开新闻事业而专从事于教授和著述。他先只在熊本中学教英文，后升为东京帝国大学教授，因不乐与贵人往来，为日本政府所辞退。以后早稻田大学又聘他为文学教授。他在日本凡十四年，他的最好的作品都在这个时期中成就的。到晚年他的声誉颇大，康奈尔大学和伦敦大学想请他去演讲，都因事中辍了。他到日本以后，思想习惯都变为日本式的。他的妇人出自日本的一个中衰的望族。夫妇间感情颇笃。他生平最讨厌日本人穿洋服说英文。他的妇人请他教英语，他始终不肯；他自己倒反请她教日本文；后来他居然能用日本文会话写信。他的妇人喜欢讲日本故事，他听得津津有味时，便请她说一遍又说一遍，最后便取来作文学材料。他最不修边幅，平时只穿一套粗布服。当教授时，他妇人再三怂恿他做了一套礼服，他终身还没有穿过几次。因为怕穿礼服和拘于繁礼，每逢宴会，他往往托故不到。日本朋友去访他，尝穿着洋服衔着雪茄烟；他自己反披着和服，捧着日本式的小烟袋。他以为日本旧式生活含有艺术意味，每见通商大埠渐有欧化的痕迹，便深以为可惜。他平时最爱小孩子、小动物、花木等等。他有一天看见一个人掷猫泄怒，就提起身旁手枪向掷猫的人连放四响，因为他近视，都没有击中。他邻近古庙中有许多古柏，他最好携妇人往柏阴散步。有一天，寺僧砍倒了三棵古柏，他看见了，终日为之不欢。他对妇人叹道，“把嫩弱的芽子养成偌大的树，要费几许岁月哟！”他观察事物，极其审慎。因为近视，尝携一望远镜。有一天他捉了一只蚂蚁，便铺一张报纸在地上，让蚂蚁沿着报纸爬行，他一个人从旁看着，一下午都不做旁的事。这时他刚作一篇关于蚁的文字，其谨慎可想。

他的神经不免有时失常，常说自己看见鬼怪。看起来，他像一个疯人，又像一个小孩子。有一次，他携妇人去买浴衣，本来只需一件，他看见各种颜色都好看，便买上三四十件，店中人都张着眼睛望他。总之，他是一个最好走极端的人，他在生活方面，在艺术方面，都独行其所好，瞧不起世俗的批评。

比思兰以为小泉八云的书札胜似卢梭的“自白”，似未免阿其所好。小泉八云有卢梭的癖性与热情，而无卢梭的天才与气魄，究竟不能相提并论。可是她说小泉八云的著作中以书札为最上品，爱读小泉八云的人们想当有同感。他平时作文，过于推敲。每成一文，易稿十数次。精钢百炼，渣滓净尽，固其所长；而刻划过量，性灵不免为艺术所掩蔽，亦其所短。但是他的信札大半在百忙中信笔写成的，所以自然流露，朴质无华。他的热情，他的幻想，他的偏见，在信札中都和盘托出。平时著书作文，都不免有所为；写信才完全是自己的娱乐，所以脱尽拘束。他的信札，无论是绘声绘形，谈地方风俗，写自己生活，或是谈文学，谈音乐，都极琐琐有趣。他的最大本领在能传出新奇地方的新奇感觉，使读者恍如身历其境。读他在热带地方写的信你会想到青棕白日，浑身发汗；读他描写海水浴的信，你会嗅着海风的盐气。在他的眼中，没有东西太渺小，值不得注意的。比方他给朋友讨论日本眼睛的信，就很别致：

昨夜睡在床上把洛蒂（P.Loti，法国小说家 Julien Viaud 的假名）从头读到尾，后来睡着了，梦中还依稀见着喧嚷光怪的威尼斯。

以后再谈这本书，现在我想说说我的邪说怪论。你或许不乐闻，但是真理是真理，尽管和世所公认的标准悬殊太远。

我以为日本眼睛之美，非西方眼睛所能比拟。谈日本眼睛的歪文我已读厌了，现在姑且辩护我的怪论。

博德女士说得好，人在日本居久了，他的审美标准总得逐渐改变。这不但在日本，在任何国土都是一样。真游历家都有同样经验。我每拿西方孩子的雕像给日本人看，你想他们说什么？我试过五十次了，每次如果得到评语，都是众口一词："面孔很生得好，——一切都好，只是眼睛，眼睛太大了，眼睛太可怕了！"我们用我们的标准鉴定，东方人也自有其标准，究竟谁是谁非呢？

日本眼睛之所以美，在它所特有的构造。眼球不突出，——没有嵌入的痕迹。褐色的平滑的皮肤猛然地很奇怪地劈开，露出闪闪活动的宝石。西方眼睛，除特别例外，最美丽的也不免张牙露齿似的，眼球显然像嵌进头盖骨里去的；球的椭圆和框的纹路都没有藏起。纯粹从美的观点说，无缝天衣是自然的较美的成就。（我曾见过一对最好的中国眼睛，我永远都不会忘掉！）

他接着又说白皮肤不如有色皮肤的美，也很有趣。他平时写信的材料，大半都是这样信手拈来，说得头头是道。有时他也很欢喜谈文学和哲理。给张伯伦教授（Prof. Hill Chamberlain）的信大半都说他的文学主张。比方下面所节录的就是属这一类：

你如果没有读过陀思妥耶夫斯基（Dostoyevsky）的《罪与罚》（法译本 Crime et Chatiment），我劝你试一试。我觉得这本书是近代第一本有力的言情小说。读这本书好比钉上十字架，可是动人至深。它比托尔斯泰的《高萨克》（Cassacks）还更好。我最，最，最爱俄国作家。我以为屠格涅夫的《处女地》（Virgin Soil）胜似雨果的《悲惨世界》，我们的最好的社会小说家，也没有人能比上果戈里（Gogal）……

你读过比昂松（Bjornson）么？如果没有，应该试试《辛诺夫·苏巴金》（Synnove Solbakken）。我想凡他所做的，你都会欢喜。他的密钥在兼有雄伟简朴之胜。任意取一部，你方以为所读的只是做给婴儿读的作品，可是猛然间会有大力深情流露，使你为之撼动，为之倾倒。安徒生（Anderson，以童话著名）的魔力也就在此。这派北欧作者简直不屑修饰，不讲技巧，——浑身都是魄力，又宏大，又温和，又诚恳。他们真使我对之吐舌。我就学一百年也写不成一页比得上比昂松，虽然我能模仿华美的浪漫派作者。修饰和富丽的文字究不难得，最难得的是十足的简朴。

这一两条例子，我不敢说就能代表小泉八云的作风，可是我不能再举了。约翰逊说断章取义地赞扬莎士比亚，好比卖屋的人拿一块砖到市场去做广告。研究任何人的作品，都不能以一斑论全豹，须总观全局，看它所生的总印象如何。上乘作品的佳胜处都在总印象而不在一章一句的精炼。小泉八云的信札要放在一堆，从头读到尾，我们才能领略它的风味。

我对于日本无研究，不敢批评小泉八云描写日本的书籍。我只觉得读《稀奇日本瞥见记》（Glimpses of Unfamiliar Japan）和《出自东方》（Out of the East）等书，比读最有趣的小说还更有趣。《稀奇日本瞥见记》里面有一篇叫作《舞女》（Dancing Girl）已经翻译成法、意、德诸国文字，法国 *Doux Mondes* 杂志曾推为世界最好的言情故事。《出自东方》里面的《海龙王公主》《石佛》诸篇完全是一种散文诗，其音调之悠扬，情境之奇诡，都令人读之悠然意远，论文章，这几种书在小泉八云的作品中也要算是最美丽的。从表面看，它们都是极浅显、极流利，像是不曾费力，信笔写就的；可是实际上，一字一句都经过几番推敲来的。看他给张伯伦教授的信，就可想见他如何刻划经营：

……题目择定了，我先不去运思，因为恐怕易于厌倦。我作文只是整理笔记。我不管层次，把最得意的一部分先急忙地信笔写下。写好了，便把稿子丢开。去做旁的较适意的工作。到第二天，我再把昨天所写的稿子读一遍，仔细改过，再从头到尾誊清一遍。在誊清中，新的意思自然源源而来，错误也发见了，改正了。于是我又把它搁起。再过一天，我又修改第三遍。这一次是最重要的。结果总比从前大有进步，可是还不能说完善。我再拿一片干净纸作最后的誊清。有时须誊两遍。经过四五次修改以后，全篇的意思自然各归其所，而风格也就改定妥帖了。这样工作都是自生自长的。如果第一次我就要想做得车成马就，结果必定不同。我只让思想自己去生发，去结晶。

我的书都是这样著的。每页都要修改五六次，好像太费力；但实际上这是最经济的方法。久于作文的人，出笔自能运用自如，著书如写信，不易厌倦。所谓意之所到，笔亦随之，用不着费力。你尽管提着笔，它自会触理成文，仿佛有鬼神呵护。我现在只是写信给你，所以一动笔就写许多页。但是如果做文章付印，我至少也要修改五次，使同样思想在一半篇幅中表现得更有力。我先一定只让思想自己发展。第二天把第一天所写的五页誊清过，再另写五页；第三天把第一天的五页再改过，另外再写五页。每天都写些新材料，可是第一天的五页未改好以前，不动手改第二天的五页。平均每天可写五页（指每日三时工作），每月可写一百五十页。最要紧的是先写最得意的部分。层次无关宏旨而且碍事。得意的部分写得好，无形中便得许多鼓励，其他连属部分的意思也自然逐一就绪了。

我读到这封信，诧异之至；因为我从来没有想到小泉八云的那样流利自然的文字是如此刻意推敲来的。我不敢说凡是作文章的人都要学小泉八云一般仔细。文章本天成，过于修饰，往往汩没天真。但是初学作文的人总应该经过一番推敲的训练。从前中国文人，大半每人都先读过几百篇乃至于几千篇的名著，揣摩呻吟，至能背诵。他们练习作文，也字斟句酌，费尽心力。郑谷改僧齐己《早梅诗》“数枝开”为“一枝开”，齐己感佩至于下拜。张平子作《两京赋》，构思至于十年之久。听说严又陵译书，尝思索数月乃得一恰当字。在我们这一代人看，这样咬文嚼字，似未免近于迂腐。加以近代生活日渐繁忙，青年人好以文字露头角。上焉者自恃天才，不屑留心于文字修饰；下焉者以文字为吃饭工具，只求多多益善，质的好坏便不能顾及。一般报章杂志固然造就了不少的文人学者，可是也陷害了许多可以有为之士。读世界文学家传记，除莎士比亚以外，我不知道一个重要作者没有在文章上经过推敲的训练。中国文字语言现在正经激变，作家所负的责任尤其重大，下笔更不可鲁莽。所以小泉八云的作文方法值得我们特别注意。

从东方学生的实用观点说，小泉八云的《演讲集》是最好的著作。我在上面说过，他能看透东方学生的心孔，然后把西方文学一点一滴地灌输进去。“灌输”这两个字还不甚妥当，因为他不仅给你一些文学常识，他所最关心的是教你如何欣赏，提醒你对于文学的嗜好。他自己对于文学是一个极端的热情者，他也极力引诱你同他一块拍掌叫好。他在东京帝国大学充过六年文学教授（一八九六年至一九〇二年）。这六年中他所演讲的，日本学生都逐字逐句地记录下来了。他死后，哥伦布大学文学教授阿斯金（Prof. Erskine）把日本学生笔记的演讲搜集起来，选其最佳者付印，得四巨册。第一第二两册名《文学导解》（Interpretations of Literature），第三册名《诗的欣赏》（Appreciations of Poetry），第四册名《生命与文学》（Life and Literature）。

阿斯金教授在他的序里说，除柯尔律治（Colcridge）以外，在英文著作中找不出一部批评文集比得上《文学导解》，有时小泉八云且超出柯尔律治之上，因为柯尔律治所谈的只是空玄的文学哲理，到小泉八云才谈到个别作品的欣赏。这番话虽着重小泉八云的价值，也未免于过誉。柯尔律治是英国浪漫派文学的开山老祖，而小泉八云只是浪漫主义所养育的娇儿。论创造力、论渊博、论深邃，小泉八云都不是柯尔律治的敌手。他的浪漫主义颇太偏于唯感主义（Sensualism），所以有时流于褊狭。他对于希腊文学只有一知半解，没有窥到古典主义的真精神。在《文学导解》第三讲《论浪漫文学与古典文学》里面，他把古典文学当成纯粹的谨守义法的文学，就显然把古典主义和十八世纪的假古典主义（Neo-classicism）混为一谈了。真古典主义着重希腊文学的一种简朴冲和深刻诚挚的风味，假古典主义才主张谨守古人义法，以理胜情。小泉八云的感官欲太强，喜读夺目悦耳的文字，痛恨假古典主义之不近人情，矫枉乃不免于过直。比方他所最爱读的是丁尼生（Tennyson），而阿诺德（M.Arnold）则被抑为第五流诗人，就不免为维多利亚时代习尚所囿。他生平推崇斯宾塞为第一大哲学家，也是辽东人过重白豕。真正哲学家没有人看重斯宾塞的。

研究任何作者，都不应以其所长掩其所短，或以其所短掩其所长。小泉八云虽偶有瑕疵，究不失为文学批评家中一个健将。就我的浅薄的经验说，我听过比小泉八云更渊博的学者演讲，读过比《文学导解》胜过十倍的批评著作，可是柯尔律治、圣伯夫（Sainte Bouve）、阿诺德、克罗齐（Croce）、圣茨伯里教授（Prof. Saintsbury）虽使我能看出小泉八云的偏处浅处，而我最感觉受用的不在这些批评界泰斗，而在小泉八云。他所最擅长的不在批评而在导解。所谓“导解”是把一种作品的精髓神韵宣泄出来，引导你自己去欣赏。比方他讲济慈（Keats）的《夜莺歌》，或雪莱（Shelley）的《西风歌》，他便把诗人的身世、当时的情境、诗人临境所感触的心情，一齐用浅显文字绘成一幅图画让你看，使你先自己感觉到诗人临境的情致，然后再去玩味诗人的诗，让你自己衡量某某诗是否与某种情致訢[43]合无间。他继而又告诉你他自己从前读这首诗时作何感想，他自己何以憎它或爱它。别人教诗，只教你如何“知”（Know），他能教你如何“感”（Feel），能教你如何使自己的心和诗人的心相凑拍，相共鸣。这种本领在批评文学中是最难能的。研究文学，最初离不了几种入门书籍。在入门书籍中，小泉八云的演讲要算是一部好书。从这部书中，不但初学者可以问津，就是教文学的教师们也可以学得不少的教授法。

文学的教授法是中国学校教师们所最缺乏的。本来想学生们对于文学发生热情，自己先要有热情，想学生们养成文学口胃，自己先要有一种锐敏的口胃。自己没有文学的热情与口胃，于是不能不丢开文学而

43 訢：同欣。

着重说外国话。拿中国学生比日本学生，最显明的异点就在对于学外国文的态度。日本学生虽不会说外国话，而对于外国文学似乎读得比中国学生起劲些。中国学生只学得说外国话，而日本学生却于外国文学有若干兴味，这不能不归功于小泉八云的循循善诱。一个好文学教师的影响，往往作始简而将毕巨。听说日本新文学家许多都曾受教于小泉八云。他在演讲中尝说日本文学应该脱离假古典主义的羁绊而倾向于浪漫主义，文学作者应该不拘于文言而采用流利白话。这些鼓吹革命的话，在虔诚景仰的学生们的心中所生影响如何，是不难测量的。他在日本文学史上的位置大概不易磨灭罢。

（原载《东方杂志》第23卷第18号）

望舒诗稿

——老实说，我是一个年轻的老人了：对于秋草秋风是太年轻了，而对于春月春花却又太老。

一个“伴着孤岑的少年人”“用他二十四岁的整个的心”，在“晚云散锦残日流金”的时候，“行在微茫的山径”，看他自己的“瘦长的影子飘在地上”，“像山间古树的寂寞的幽灵”。那时寒风中正有雀声，他向那“同情的雀儿”央求：“唱啊，唱破我芬芳的梦境！”他抬头望见白云，心里像有什么像白云一样的沉郁，“而且要对它说话也是徒然的，正如人徒然向白云说话一样”。到“幽夜偷偷地从天末来”时，他对“已死美人”似的残月唱“流浪人的夜歌”，祝他自己“与残月同沉”。他是一个“最古怪的”夜行者，“戴着黑色的毡帽，迈着夜一样静的步子”。他“走遍了嚣嚷的酒场，不想回去，好像在寻找什么”。他低声向“飘来一丝媚眼”说，“不是你”，“然后踉跄地又走向他处”。回到家时，他抱着陶制的烟斗，静听他的记忆“老讲着同样的故事”，或是看他的梦“开出娇妍的花”，“金色的贝吐出桃色的珠”；或是坐在“憧憬之雾的青色的灯”下“展开秘藏的风俗画”。这种幸福的夜不是没有它的灾星。他会整夜地作“飞机上的阅兵式”，看“每个爱娇的影子”“列成桃色的队伍”，寻不着“什么地方去喘一口气”。

像一般少年，他最留恋的是春与爱。“春天已在斑鸠的羽上逡巡着了”，他“撑着油纸伞，独自彷徨在悠长又寂寥的雨巷”，“希望逢着一个丁香一样地结着愁怨的姑娘”。他问路上的姑娘要“那朵簪在发上的小小的青色的花”，或是和她唱和“残叶之歌”，或是款步过那棵苍翠的松树，“它曾经遮过你的羞涩和我的胆怯”，或是邀她坐江边的游椅说：“啮着沙岸的永远的波浪，总会从你投出着的素足撼动你抿紧的嘴唇的。”但是他也经过爱的一切矛盾，虽是“一个可怜的单恋者”，当一个少女开始爱他的时候，他“先就要栗然地惶恐”，他告诉愿“追随他到世界的尽头”的人说：“你在戏谑吧！你去追平原的天风吧！”

他是“一个怀乡病者”，他常“渴望着回返到那个如此青的天”。“小病的人嘴里感到莴苣的脆嫩，于是遂有了家乡小园的神往”。但是他有时自慰：“因为海上有青色的蔷薇，游子要萦系他冷落的家园吗？还有比蔷薇更清丽的旅伴呢。”因为他有怀乡病，对同病者特别同情。百合子向他微笑着，“这忧郁的微笑使他也坠入怀乡病里”。

这“辽远的国土的怀念者”原来是“青春和衰老的集合体”。他感觉最深刻的是中年人的悲哀。他“只愿在春天里活几朝”，而他“心头的春花已不更开”。他“知道秋所带来的东西的重量”。从前在他耳边低声软语着“在最适当的地方放你的嘴唇”的，他已经记不清是樱子还是谁了。他自觉得是在唱“过时”的歌曲：

老实说，我是一个年轻的老人了：

对于秋草秋风是太年轻了，

而对于春月春花却又太老。

这是《望舒诗稿》里所表现的戴望舒先生和他所领会的世界。这个世界是单纯的，甚至可以说是平常的、狭小的，但是因为是作者的亲切的经验，却仍很清新爽目。作者是站在剃刀锋口上的，毫厘的倾侧便会使他倒在俗滥的一边去。有好些新诗人是这样地倒下来的，戴望舒先生却能在这微妙的难关上保持住极不易保持的平衡。他在少年人的平常情调与平常境界之中嘘咈出一股清新空气。他不夸张，不越过他的感官境界而探求玄理，他也不掩饰，不让骄矜压住他的“维特式”的感伤。他赤裸裸地表现出他自己——一个知道欢娱也知道忧郁的，向新路前进而肩上仍背有过去的时代担负的少年人。他表现出他的美点和他的弱点，他的活泼天真和他的彷徨憧憬。他的诗在华贵之中仍保持一种可爱的质朴自然的风味。像云雀的歌唱，他的声音是触兴即发，不假着意安排的。戴望舒先生最擅长的是抒情诗，像一切抒情诗的作者，他的世界中心常是他自己。他的《诗稿》中除掉一两首可能例外，如《妾命薄》之类，似全是他自己的生活片段集锦。在感觉方面他偏重视觉，虽然他论诗主张“诗不是某一官感的享乐”；在情感方面他集中于“桃色的队伍”，虽然他有一位留“断指”做纪念的朋友；在想象方面他欢喜搬弄记忆和驰骋幻想，他在“古神祠前”看他的蛛脚似的思量：

从苍翠的槐树叶上，

它轻轻地跃到

饱和了古愁的钟声的水上。

他在烟卷上笔杆上酒瓶上证实记忆的存在。一般诗人以至于普通人所眷恋的许多其他方面的人生世相似乎和戴望舒先生都漠不相关。读过《望舒诗稿》以后，我们不禁要问：戴望舒先生的诗的前途，或者推广说整个的新诗的前途，有无生展的可能呢？假如可能，它大概是打哪一个方向呢？新诗的视野似乎还太窄狭，诗人们的感觉似乎还太偏，甚至还没有脱离旧时代诗人的感觉事物的方式。推广视野，向多方面做感觉的探险，或许是新诗生展的唯一路径。归根究竟，作诗还是从生活入手。

戴望舒先生所以超过现在一般诗人的，我想第一就是他的缺陷——他的单纯，其次就是他的文字的优美。诗人的理论往往不符他的实行。读完《望舒诗稿》之后看到附录的《诗论零札》，我们不免要惊讶。他的开章明义就是：

一、诗不能借重音乐，它应该丢去了音乐的成分。

二、诗不能借重绘画的长处。

他的许多新形式的尝试（如《十四行》《雨巷》《记忆》《烦忧》

之类）和许多可爱的描写句不都是这两个原则的反证吗？

戴望舒先生对于文字的驾驭是非常驯熟自然，但是过量的富裕流于轻滑以至于散文化，也在所不免。《我的记忆》除头二段以外大半近于 Prosaic[44]，《林下小语》中的：

你到山上觅珊瑚吧，

你到海底觅花枝吧。

之类诗句虽然有它的可爱处，也很容易流于轻易。像《生涯》里的：

人间天上不堪寻。

人间伴我惟孤苦。

和《残花的泪》里的：

寂寞的古园中，

明月照幽素，

一枝凄艳的残花，

对着蝴蝶泣诉。

44 Prosaic：散文的。——编者注

之类似乎太带旧诗气味了。在《乐园鸟》中，亚当夏娃被逐的花园据说是在“天上”，似亦有斟酌的余地。不过这都是小疵。就全盘说，《望舒诗稿》的文字是很新鲜的，有特殊风格的。

（载《文学杂志》第 1 卷第 1 期，1937 年 5 月）

丰子恺先生的人品与画品

——酒后有时子恺高兴起来了，就拈一张纸作几笔漫画，画后自己木刻，画和刻都在片时中完成，我们传看，心中各自欢喜，也不多加评语。

在当代画家中，我认识丰子恺先生最早，也最清楚。说起来已是二十年前的事了。那时候他和我都在上虞白马湖春晖中学教书。他在湖边盖了一座极简单而亦极整洁的平屋。同事夏丏尊、朱佩弦、刘薰宇诸人和我都和子恺是吃酒谈天的朋友，常在一块聚会。我们吃酒如吃茶，慢斟细酌，不慌不闹，各人到量尽为止，止则谈的谈，笑的笑，静听的静听。酒后见真情，诸人各有胜概，我最喜欢子恺那一副面红耳热、雍容恬静、一团和气的风度。后来我们都离开白马湖，在上海同办立达学园。大家挤住在一条僻窄而又不大干净的小巷里。学校初办，我们奔走筹备，都显得很忙碌，子恺仍是那副雍容恬静的样子，而事情却不比旁人做得少。虽然由山林搬到城市，生活比较紧张而窘迫，我们还保持着嚼豆腐干花生米吃酒的习惯。我们大半都爱好文艺，可是很少拿它来在嘴上谈。酒后有时子恺高兴起来了，就拈一张纸作几笔漫画，画后自己木刻，画和刻都在片时中完成，我们传看，心中各自欢喜，也不多加评语。有时我们中间有人写成一篇文章，也是如此。这样地我们在友谊中领取乐趣，在文艺中领取乐趣。

当时的朋友中浙江人居多，那一批浙江朋友们都有一股清气，即日常生活也别有一般趣味，却不像普通文人风雅相高。子恺于“清”字之外又加上一个“和”字。他的儿女环坐一室，时有憨态，他见着居然微笑；他自己画成一幅画，刻成一块木刻，拿着看看，欣然微笑；在人生世相中他偶然遇见一件有趣的事，他也还是欣然微笑。他老是那样浑然本色，无忧无嗔，无世故气，亦无矜持气。黄山谷尝称周茂叔“胸中洒落如光风霁月”，我的朋友中只有子恺庶几有这种气象。

当时一般朋友中有一个不常现身而人人都感到他的影响的——弘一法师。他是子恺的先生。在许多地方，子恺得益于这位老师的都很大。他的音乐、图画、文学、书法的趣味，他的品格风采，都颇近于弘一。在我初认识他时，他就已随弘一信持佛法。不过他始终没有出家，他不忍离开他的家庭。他通常吃素，不过作客时怕给人家麻烦，也随人吃肉边菜。他的言动举止都自然圆融，毫无拘束勉强。我认为他是一个真正能了解佛家精神的。他的性情向来深挚，待人无论尊卑大小，一律蔼然可亲，也偶露侠义风味。弘一法师近来圆寂，他不远千里，亲自到嘉定来，请马蠲叟[45]先生替他老师作传。即此一端，可以见他对于师友情谊的深厚。

我对于子恺的人品说这么多的话，因为要了解他的画品，必先了解他的人品。一个人须先是一个艺术家，才能创造真正的艺术。子恺从

45 马蠲叟：马一浮（1883—1967），晚号蠲叟，浙江绍兴人，著名儒学家、理学家、佛学家、翻译家、诗人、书法家，与梁漱溟、熊十力被并誉为“现代儒学三圣”。

顶至踵是一个艺术家，他的胸襟，他的言动笑貌，全都是艺术的。他的作品有一点与时下一般画家不同的，就在他有至性深情的流露。子恺本来习过西画，在中国他最早作木刻，这两点对于他的作风都有显著的影响。但是这些只是浮面的形相，他的基本精神还是中国的，或者说，东方的。我知道他尝玩味前人诗词，但是我不尝看见他临摹中国旧画。他的底本大半是实际人生一片段，他看得准，察觉其中情趣，立时铺纸挥毫，一挥而就。他的题材变化极多，可是每一幅都有一点令人永久不忘的东西。我二十年前看过他的一些画稿——例如《指冷玉笙寒》《月上柳梢头》《花生米不满足》《病车》之类，到于今脑里还有很清晰的印象，而我素来是一个健忘的人。他的画里有诗意，有谐趣，有悲天悯人的意味；它有时使你悠然物外，有时使你置身市尘，也有时使你啼笑皆非，肃然起敬。他的人物装饰都是现代的，没有模拟古画仅得其形似的呆板气；可是他的境界与粗劣的现实始终维持着适当的距离。他的画极家常，造境着笔都不求奇特古怪，却于平实中寓深永之致。他的画就像他的人。

书画在中国本有同源之说。子恺在书法上曾经下过很久的功夫。他近来告诉我，他在习章草，每遇在画方面长进停滞时，他便写字，写了一些时候之后，再丢开来作画，发见画就有长进。讲书法的人都知道笔力须经过一番艰苦的训练才能沉着稳重，墨才能入纸，字挂起来看时才显得生动而坚实，虽像是龙飞凤舞，却仍能站得稳。画也是如此。时下一般画家的毛病就在墨不入纸，画挂起来看时，好像是飘浮在纸上，没有生根；他们自以为超逸空灵，其实是画家所谓“败笔”，像患虚症的人的浮脉，是生命力微弱的征候。我们常感觉近代画的意味太薄，这也是一个原因。子恺的画却没有这种毛病。他用笔尽管疾如飘风，而笔笔稳重沉着，像箭头钉入坚石似的。在这方面，我想他得力于他的性格，他的木刻训练和他在书法上所下的功夫。

（载《中学生》杂志第66期，1943年8月）

从沈从文先生的人格看他的文艺风格

——他是一位好社交的热情人，可是在深心里却是一个孤独者。他不仅唱出了少数民族心声，也唱出了旧一代知识分子的心声，这就是他的深刻处。

《花城》编辑同志远道过访，邀我写一篇短文谈沈从文先生的作品。我对文学作品向来侧重诗，对小说素少研究，还配不上谈从文的小说创作，好在能谈他的小说的人现在还很多。我素来坚信“风格即人格”这句老话，研究从文的文艺风格，有必要研究一下他的人格。在从文的最亲密的朋友中我也算得一个，对他的人格我倒有些片面的认识。在中华人民共和国成立前十几年中，我和从文过从颇密，有一段时间我们同住一个宿舍，朝夕生活在一起。他编《大公报·文艺副刊》，我编商务印书馆的《文学杂志》，把北京的一些文人纠集在一起，占据了这两个文艺阵地，因此博得了所谓“京派文人”的称呼。京派文人的功过，世已有公评，用不着我来说，但有一点却是当时的事实，在军阀横行的那些黑暗日子里，在北方一批爱好文艺的青少年中把文艺的一条不绝如缕的生命线维持下去，也还不是一件易事。于今一些已到壮年或老年的小说家和诗人之中还有不少人是在当时京派文人中培育起来的。

在当时孳孳不辍[46]地培育青年作家的老一代作家之中，就我所知道的来说，从文是很突出的一位。他日日夜夜地替青年作家改稿子，家里经常聚集着远近来访的青年，座谈学习和创作问题。不管他有多么忙，他总是有求必应，循循善诱。他自己对创作的态度是极端严肃的。我看过他的许多文稿，都是蝇头小草，改而又改，东删一处，西补一处，改到天地头和边旁都密密麻麻地一片，也只有当时熟悉他的文稿的排字工才能辨认清楚。我觉得这点勇于改和勤于改的基本功对青年作家是一种极宝贵的“身教”，我自己在这方面就得到过从文的这种身教的益处。

从文是穷苦出身的，属于湖南一个少数民族。他的性格中见出不少的少数民族优点。刻苦耐劳，坚忍不拔，便是其中之一。从《新文学史料》第五辑中所载的他初到北京当穷学生时和郁达夫同志的交往，便可以生动地看出这一点，少数民族是民间文艺的摇篮，对文艺有特别广泛而尖锐的敏感。从文不只是个小说家，而且是个书法家和画家。他大半生都在从事搜寻和研究民间手工艺品的工作，先是瓷器和漆器，后转到民族服装和装饰。我自己壮年时代搜集破铜破铁、残碑断碣的癖好也是由从文传染给我的。从文转到故宫博物院和历史研究所之后，在继续民间工艺品的研究，他在这方面的成就并不下于他的文学创作。不过我觉得他因此放弃了文学创作究竟是一件很可惜的事。

谈到从文的文章风格，那也可能受到他爱好民间手工艺那种审美

46 孳孳不辍：同孜孜不辍。

敏感影响，特别在描绘细腻而深刻的方面，《翠翠》可以为例。这部中篇小说是在世界范围里已受到热烈欢迎的一部作品，它表现出受过长期压迫而又富于幻想和敏感的少数民族在心坎里那一股沉忧隐痛，《翠翠》似显出从文自己的这方面的性格。他是一位好社交的热情人，可是在深心里却是一个孤独者。他不仅唱出了少数民族心声，也唱出了旧一代知识分子的心声，这就是他的深刻处。

（载《花城》第 5 期，1980 年 5 月）

《凤凰》序[47]

——我和沈从文相知已逾半个世纪，中华人民共和国成立前我们长期在一起生活和工作，我一直是他的知心朋友。

我和沈从文相知已逾半个世纪，中华人民共和国成立前我们长期在一起生活和工作，我一直是他的知心朋友。中华人民共和国成立后他在城里搞文物考古工作，我一直留居乡下当教书先生，往来就很少。我一向惋惜他改了行，虽然他在文物考古方面取得了很卓越的成就，我总不免感到他"改行"对新文学是个可惋惜的损失。

这次在四届文联全委会中我碰巧和他同房，促膝谈心的机会较多。他细谈了他最近在湖北江陵参观一座新发现楚墓的发掘整理工作情形，和所发现的珍贵丝织刺绣文物在文化史方面所具有的重要意义，那种激昂赞叹的心情仍不减当年，令我想起"道逢曲车口添涎"和"大人者不失其赤子之心"那些老话来，私幸他一定长寿，并且前途无量。

我近几年因译维柯的《新科学》，在研究古代原始社会。过去这方面知识太差，处处都感到"捉襟见肘"，就向他提出一些关于

47　1983年《湘江文学》第一期发表的《关于沈从文同志的文学成就历史将会重新评价》，与此序文字基本相同，故不收。——编者注

古代社会的问题。他不但引证他自己在研究文物中所得的收获和启发，作了令人信服的解答，而且还指导我去看我国最近社会科学工作者在这方面的新论著，取得的不同的崭新成就，我从此认识到研究文学和美学已不宜画地为牢，闭关自守，考古和研究古代社会，也还是分内事。从文暂不写小说而专心文物考古，是迫于工作的需要，决不是改行。

散会回校后，我立即把从文送给我的《从文自传》（后附画家黄永玉的回忆录）读了一遍，对从文的文学成就稍有进一步的认识。他前半生一直在上学，受过严格的军事训练，小时是个相当顽皮的孩子，爱逃学打架，泅水爬城墙，爱探听穷苦人民怎样过生活，工人怎么造纸造锅碗，小商贩怎样做买卖。他总结自己所受的教育说："我上许多课仍然不放下那本大书"，指的就是深入人民群众的实际生活。

他在《边城》题记里说他"对于农民、手工艺人与兵士，怀了不可言说的温爱"，因为他一生都在和穷苦的人民同呼吸共命运。他能苦中作乐，乐中也嚼出苦味来。他亲身经历过近代中国的几次大骚动和大变革，从清朝那些败家子胡作非为、北洋军阀的混战，到孙中山先生领导的旧民主主义革命再到五四运动以及毛泽东同志在艰难岁月里进行的以社会主义为目标的革命，终于解放了全中国。

从文先以边城穷乡的一个苗族"老战兵"和司书，后以青岛和北京两大学的文学教师和文学编辑，带着一副冷眼和热心肠，一直孜孜不倦废寝忘餐地把亲身见证和感受到的一切，用他那管流利亲切的文笔记录下来，赢得了广大读者的爱戴和专业同道的器重，决不是偶然的。他的刻苦习作的精神永远是青年作家的榜样。

当然，对从文不大满意的也大有人在。有人是出于私人恩怨，那就可“卑之无甚高论”。也有人在思想性上进行挑剔。从文坦白地承认自己只要求“作者有本领把道理包含在现象中”，“接近人生时绝不是所谓道德君子的感情”。我自己也一向坚持这种看法，所以对从文难免阿其所好，因此我也很欣赏他明确说出下列理想：

这世界上或有想在沙基上或水面上建造崇楼杰阁的人，那可不是我。我只造希腊小庙，选山地作基础，用坚硬的石头堆砌它，精致、结实、匀称，形体虽小而不纤巧，是我理想的建筑……

我相信从文在他的工作范围内实现了这个理想。

于今文学批评家们爱替作家戴些空洞的帽子，这人是现实主义者，那人是浪漫主义者；这人是喜剧家，那人是悲剧家，如此等等。我就觉得这些相反的帽子安在从文头上都很合适，这种辩证的统一正足以证明从文不是一个平凡的作家，在世界文学史上终会有他的一席地。

我相信公是公非，因此有把握地预言从文的文学成就，历史将会重新评价，而他在历史文物考古方面的卓越成就，也只会提高而不会淹没或降低他的文学成就。

1982年6月末

（载《凤凰》（沈从文著），文化艺术出版社，1986年10月版）

朱光潜写给朱光潸[48]

——我不认识你而写信给你，似乎有些唐突。请你记得我是你的一个读者。如果这个资格不够，那只得怪你姓朱名光潸，而又写《给青年的十三封信》了！

光潸先生：

今天接到上海的朋友寄来一部书，打开来一看，使我吃了一惊。封面上题的是“致青年”，“朱光潸著”。旁边又附注“给青年的十三封信”字样。我第一眼把大名中的“潸”字看成“潜”字。我不知道是因为幻觉还是因为虚荣，不假思索地就把你的大著误认为我自己的了，这得请你原谅。第一，“朱光潸”和“朱光潜”在字面上实在太相像了。第二，叫作“朱光潜”的我也曾写过一部小册子叫作《给青年的十二封信》，而且我的《谈美》也被书店在封面上附注过“给青年的第十三封信”字样。第三，你的大著和我的拙作的封面图案也大致相同，也是在一些直线中间嵌了一些星星。你想，这也难怪我错认，而且错认的也不只我一个人。寄大著给我看的那位朋友原先也把你看作我。他在信上说，“在书摊上来回翻这书，越看越不像你写的，所以买了来给你看”，下面他还说了一句失敬的话，我不援引罢。你看，他在书摊上“来回”翻

48 潸：shān。

这书，“越看”才发觉“越不像我写的”。他是知道我的人，不知道我的人们不容易发觉你的大著不是我写的，恐怕更可原谅吧？

光潜先生，我不认识你，但是你的面貌、言动、姿态、性格等等，为了以上所说的一点偶然的因缘，引动了我的很大的好奇心。我心里现在想象揣摩你像什么样的一个人。许多事都是不戳穿的好，所以我希望你在我心里永远保存这一点含有问题的神秘性。但是我也想把心里想说的话说给你听。不认识你而写信给你，似乎有些唐突。请你记得我是你的一个读者。如果这个资格不够，那只得怪你姓朱名光潜，而又写《给青年的十三封信》了！

头一层，我应该向你忏悔。我在写《给青年的十二封信》时，自己还是一个青年。那时候我的朋友夏丏尊先生办了一个给中学生看的刊物，叫作《一般》，要我写一点稿子，我就把随时感触到的随时写成书信寄给他，里面固然有些是以中学生为对象而写的，但是大部分是私人切身的感想。我从头到尾都是看着自己的心去写，绝对没有“教训”人的念头，更谈不上想到借这些处女作去出风头或是赚稿费。我根本不相信任何人可以自居“先进者”的地位去“教导”青年，而且能够把青年“教导”得好。就我自己的经验说，我在青年时代最得益的并不是师长的义正辞严的教训，而是像我一般的年轻的朋友们对于他们自己的内心冲突、挣扎、怀疑、信仰所下的忠实的剖白。这种剖白引起我的同情、印证、感动和回思。我不断地受这种心灵的激动，也就不断地获到心灵的发展。从此我深深地感觉到卢梭在《爱弥儿》里说的导师和生徒的年龄应相仿佛的话，含有极大的智慧。自己是青年，才能够真正地和青年做朋友，才能彼此都觉得是一伙子的人，不论是甜的苦的，大家都可以互相契合，互相同情，这样才能彼此互相观摩激发。我现在看到自己从前写的《给青年的十二封信》，心里实在惭愧。我想每个成年人回想到他在童年时代的稚气和愚騃[49]，都不免有些惭愧。但是我的那部小册子也正因为那一点坦坦白白地流露出来的稚气和愚騃，博得一般青年的爱好。我本来是他们中间的一个人，我的忧愁、我的喜悦也都是他们的忧愁和他们的喜悦，我“吐肚子”向他们谈心事，他们觉得和我同情同感。这对于他们有益还是有害，我和他们都不十分较量到，我对于青年的关系原来不过如此。后来那部小册子流行很广，我便以《给青年的十二封信》的作者的资格，被好些本不相识的人们认识了。到现在和新朋友们见面，还常被人用这个头衔来介绍我。他们甚至于用什么“教导青年”的字样来夸奖我。我有时为这件事不但觉得羞愧，也很觉得愤慨。我本来厌恶“教导青年”的话头，现在居然被人以“教导青年”的字样安在我的头上，这就是坦白地流露稚气和愚騃的报酬或惩罚么？

光潜先生，你不防这前车之鉴，别的不说，你就不怕“蹈覆辙”的危险么？你的大著，我因为时间匆忙，并没有从头到尾的细读，只约略地这里翻一点那里翻一点看了一看。我也稍微有一点感想。第一层，我钦佩你的坦白。你自称“少年文人”“先进者”，“对于文学的嗜欲

49 愚騃：ái，呆痴，不明事理。

最少已有十年的历史”“尝遍了多少苦痛，碰着了多少钉子”，你援引“政治部、军队里的革命青年，大半是爱好文学的”一件事例作断定“说什么献身于文学的人都是柔弱而无可为的人，尤其是荒谬极点”的“铁证”，你承认——这里我抄你一段话，以免断章取义之嫌：

我观得现在一般青年的确有些“发表狂”……大多的青年只怪为什么登起来的文章总是那几个名人作的，自己的为什么不给登载，他没有计及人家的作品怎样的，自己的作品又是怎样，这是现代一般爱好文学的青年的病态的心理，我深深地感到自己常有这种病态心理。还可武断地说你也未始没有这种心理的。这种心理的终点，想成功想“出风头”，“要稿费”，没有心思和勇气去探讨文学了，这是何等的危险啊！

我觉得你这番话都是对的。其次，我钦佩你的自信。你劝人说，“当我们自己的作品还未达十分健全之前，还是以不发表的为妙。”现在你发表的当然是“十分健全”了。你“认为自己只受了不大高深的教育，尚能写一二篇不十分不通的文章，根柢还是基于几个重要的转变的读书过程”。先生，你写这几句话的时候，曾经较量一番没有？你给青年的教训有许多很有趣味，最难得的是走到难关，你轻轻地就溜过去了。姑举三例如下：

青年的恋爱是需要的，但倘使是太“迫切”了，太“急”了，便要生出烦闷来，这便是自讨苦吃了。

读书要有兴趣。读书时以为这是强迫做的工作，那就糟了。兴趣是第一要事，如读最索然无味的数学哲学等等，亦要当它是有趣之事。

要想作文的人，突然文兴勃发，极要写出一点东西，但一提着笔，却又半个字都写不出，只得闷闷地坐下……大胆地说一句，每个青年作家，当开始要作文的时候，总要尝到这种苦闷，于是作文的方法，便应了需要而风起云涌的起来了。

如此等类的口吻在大著中每篇都可以看见。你在给“芬”的信里劈头一句是：

第一封信刚刚发出，第二封信又接踵地来了。因为我知道你接到第一封信时，一定会感觉到我的说话不错。

收尾一句是：

帘外雨潺潺，春意阑珊，我很想你呢！芬。

我看到这些地方时，第一个冲动是想说一句“挖苦话”，但是我缺乏“幽默风趣”，这一点冲动立刻就被一阵“世道人心之忧”压倒了。先生在第一封“致少年文人”的信里说：

如果欲以“文学”为灿烂的头衔，或要以“文学”去换饭吃，便成了严重的病态。

这种“严重的病态”，先生也许不得不承认，在现在中国文坛似乎已经很流行了。怎么办呢？我本也想对于这种“严重的病态”发一点议论，继而想起这事也非“口舌之争”所可了事，所以把笔放下，虽然心里还有些怅惘，不能把这事轻轻地放下。

几乎和你同姓名的朋友 朱光潜

四月三日，北平

（载《申报》，1936年4月16日）

以出世的精神，做入世的事业[50]

——弘一法师少年时有一度是红尘中人，后来出家是看破红尘的。虽是看破红尘，却绝对不是悲观厌世。

弘一法师是我国当代我所最景仰的一位高士。一九二三年，我在浙江上虞白马湖春晖中学当教员时，有一次弘一法师曾游到白马湖访问在春晖中学里的一些他的好友，如经子渊、夏丏尊和丰子恺。我是丰子恺的好友，因而和弘一法师有一面之缘。他的清风亮节使我一见倾心，但不敢向他说一句话。他的佛法和文艺方面的造诣，我大半从子恺那里知道的。子恺转送给我不少的弘一法师练字的墨迹，其中有一幅是《大方广佛华严经》中的一段偈文，后来我任教北京大学时，萧斋斗室里悬挂的就是法师书写的这段偈文，一方面表示我对法师的景仰，同时也作为我的座右铭。时过境迁，这些纪念品都荡然无存了。

我在北京大学任教时，校长是李麟玉，常有往来，我才知道弘一法师在家时名叫李叔同，就是李校长的叔父。李氏本是河北望族，祖辈

50　1980年12月7日，中国佛教图书文物馆受中国佛教协会的委托，在北京法源寺举办了“弘一大师诞生一百周年书画金石音乐展”。这是作者为这次展览写的文章。——编者注

曾在清朝做过大官。从此我才知道弘一法师原是名门子弟，结合到我见过的弘一法师在日本留学时代的一些化装演剧的照片和听到过的乐曲和歌唱的录音，都有年少翩翩的风度，我才想到弘一法师少年时有一度是红尘中人，后来出家是看破红尘的。

弘一法师是一九四二年在福建逝世的，一位泉州朋友曾来信告诉我，弘一法师逝世时神智很清楚，提笔在片纸上写“悲欣交集”四个字便转入涅槃了。我因此想到红尘中人看破红尘而达到“悲欣交集”即功德圆满，是弘一法师生平的三部曲。我也因此看到弘一法师虽是看破红尘，却绝对不是悲观厌世。

我自己在少年时代曾提出“以出世精神做入世事业”作为自己的人生理想，这个理想的形成当然不止一个原因，弘一法师替我写的《华严经》偈对我也是一种启发。佛终生说法，都是为救济众生，他正是以出世精神做入世事业的。入世事业在分工制下可以有多种，弘一法师从文化思想这个根本上着眼。他持律那样谨严，一生清风亮节会永远严顽立懦，为民族精神文化树立了丰碑。

中日两国在文化史上是分不开的，弘一法师曾在日本度过他的文艺见习时期，受日本文艺传统的影响很深，他原来又具有中国传统文化的陶冶。我默祝趁这次展览的机会，日本朋友们能回溯一下日本文化传统对弘一法师的影响，和我们一起来使中日交流日益发挥光大。

（载《弘一法师》中国佛教协会编，文物出版社，1984 年 10 月版）

悼夏孟刚[51]

——孟刚固深于情者，慈爱的父兄既先后弃世，而友朋中能了解他心的深处者又甚寥寥。于此寥阔冷清的世界中，孟刚乃不幸又受命运之神最后的揶揄，而绝望于理想的爱。

今晨接得慕陶和澄弟的信，但道夏孟刚已于四月十二日服氰化钾自杀了。近来常有人世凄凉之感，听了孟刚的噩耗，烦忧隐恸，益觉不能自禁。

我在吴淞中国公学时，孟刚在我所教的学生中品学最好，而我属望于他也最殷，他平时沉静寡言语，但偶有议论，语语都来自衷曲，而见解也非一般青年所能及。那时他很喜欢读托尔斯泰，他的思想，带有很深的托氏人生观的印痕。我有一个时期，也受过托尔斯泰的熏沐。我自惭根性浅薄，有些地方不能如孟刚之彻底深入；可是我们的心灵究竟有许多类似，所以一接触后，能交感共鸣。

中国公学阻于兵争以后，孟刚入浦东中学，我转徙苏浙，彼此还数相见。在这个时候，他介绍我认识了他的哥哥。他的父亲曾经在我的母校桐城中学当过教师。因此我们情感上更加一层温慰。江湾立达学园成

51 此稿曾载立达学园校刊，因为可以代表我对于自杀的意见，所以特载于此。

立后，孟刚遂舍浦东来学江湾。我因亟于去国，正想寻机会同他作一次深谈，他突然间得了父病的消息，就匆匆别我返松江叶榭去了。

今年一月中，他来一封信，里面有这一段话：

您启程赴英的时候，我在家中不能听到“我去了”三字，至以为憾。我近来觉人生太无意味；我觉得世界上很少真正的同情者，——除去母性的外，也许绝无，——我觉得我是不可再活在世上和人类接触了；而尤其使我悲伤的就是我本来可以向他发发牢骚的哥哥已于暑假中死于北京，继而我的父亲也病没了。也许我过去的生活太偏于情感，——或太偏于理智。或者我的天性如此。我知道我请您教我，是无效果的，但是我又觉着不可不领领您的教。

我读过这封信为之悒[52]然许久。我很疑虑我所属望最殷的孟刚或者于悲恸父兄之丧外，又不幸别触尘网。青年人大半都免不掉烦闷时期，但是我相信孟刚终当自能解脱。寄了一部歌德的《麦斯特游学记》给他读，希望他在这本书中能发现他所未曾见到的人生又一面。孟刚具有很强烈的感受伟大心灵之暗示的能力，我很希望他能私淑歌德抛开轻生的念头，替人类多造些光；哪里知道孟刚在写信给我的时候，就有自杀的决心，而那封信竟成绝笔！

52 悒：yì，忧愁，不安。

孟刚自杀的近因，我不甚明了。但是就他的性格和遭际说，这次举动也不难解释。他不属于任何宗教，而宗教的情感则甚强烈。他对于世人的罪恶，感觉过于锐敏。托尔斯泰的影响本应该可以使他明了赦宥[53]的美；可是他的性情耿介孤洁，不屑与世浮沉，只能得托氏之深的方面，未能得托氏之广的方面，其结果乃走于极端而生反动。孟刚固深于情者，慈爱的父兄既先后弃世，而友朋中能了解他心的深处者又甚寥寥。于此寥阔冷清的世界中，孟刚乃不幸又受命运之神最后的揶揄，而绝望于理想的爱。这些情境相凑合，孟刚遂恝然抛开垂暮的慈母而自杀了。

我不愿像柏拉图、叔本华一般人以伦理眼光抨击自杀。生的自由倘若受环境剥夺了，死的自由谁也不能否认的。人们在罪恶苦痛里过活，有许多只是苟且偷生，腼然不知耻。自杀是伟大意志之消极的表现。假如世界上没有中国的屈原、希腊的塞诺（Zeno）、罗马的塞内加（Seneca）一类人的精神，其卑污顽劣，恐更不堪言状了。

人生是最繁复而诡秘的，悲字乐字都不足以概其全。愚者拙者混混沌沌地过去，反倒觉庸庸多厚福。具有湛思慧解的人总不免苦多乐少。悲观之极，总不出乎绝世绝我两路。自杀是绝世而兼绝我。但是自杀以外，绝非别无他路可走，最普通的是绝世而不绝我，这条路有两分支。

53 赦宥：shè yòu，宽恕，赦免。

一种人明知人世悲患多端而生命终归于尽，乃力图生前欢乐，以诙谐的眼光看游戏似的世事，这是以玩世为绝世的。此外也有些人既失望于人世欢乐之无常，而生老病死，头头是苦，于是遁入空门，为未来修行，这是以逃世为绝世的。苏曼殊的行迹大半还在一般人的记忆中。他是想逃世而终于止做到玩世的。玩世者与逃世者都只能绝世而不能绝我。不能绝世，便不能无赖于人。牵绊既未断尽，而人世忧患乃有时终不能不随之俱来。所以玩世与逃世，就人说，为不道德；就己说，为不彻底。衡量起来，还是自杀为直截了当。

自杀比较绝世而不绝我，固为彻底，然而较之绝我而不绝世，则又微有欠缺。什么叫作“绝我而不绝世”？就是流行语中所谓“舍己为群”，不过这四字用滥了，因而埋没了真义。所谓“绝我”，其精神类自杀，把涉及我的一切忧苦欢乐的观念一刀斩断。所谓“不绝世”，其目的在改造，在革命，在把现在的世界换过面孔，使罪恶苦痛，无自而生。这世界是污浊极了，苦痛我也够受了。

我自己姑且不算吧，但是我自己堕入苦海了。我决不忍眼睁睁地看别人也跟我下水。我决计要努力把这个环境弄得完美些，使后我而来的人们免得再尝受我现在所尝受的苦痛，我自己不幸而为奴隶，我所以不惜粉身碎骨，努力打破这个奴隶制度，为他人争自由，这就是绝我而不绝世的态度。持这个态度最显明的要算释迦牟尼，他一身都是“以出世的精神，做入世的事业”。佛教到了末流，只能绝世而不能绝我，与释迦所走的路恰相背驰，这是释迦始料不及的。

古今许多哲人、宗教家、革命家，如墨子，如耶稣，如甘地，都是从绝我出发到绝世的路上的。

假如孟刚也努力“以出世的精神，做入世的事业”，他应该能打破几重使他苦痛而将来又要使他人苦痛的孽障。

但是，孟刚死了，幽明永隔，这番话又向谁告诉呢!

1926年5月18日夜半于爱丁堡

致老舍

——我们现正在争取汉语的规范化，说到究竟，真正促成语文规范化的还是在群众中有威信的作家，你也不能不注意到这一点。

老舍兄：

承你应允替我校改萧剧译文，我十分感激。你是很忙的人，我原先所以要请求你校改，因为我一向钦佩你的中文口语的简练。还希望你丝毫不要客气，尽量替我修改。

你的译文我读过两遍，有些地方你译的很灵活，我在这里面学习得了不少的东西。但是总的说来，对于读过你的作品的人，这部译文倒不大像出于你的手笔。人家一看到，就感觉到这是翻译，而且有些地方直译的痕迹相当突出。我因此不免要窥探你的翻译的原则。我所猜想到的不外两种：一种是小心的追随原文亦步亦趋，寸步不离；一种是大胆地尝试新文体，要吸收西文的词汇和语法，来丰富中文。无论是哪一种，我都以为是很不明智的。理由很简单：第一，你没有尽量利用你所擅长的中文口语，本来是个打枪的能手，现在却要耍大刀，这就不一定能操必胜之权；其次，你在读者群众中威信和影响都很大，从你手里出来的文字，无论是自己作的还是译的，都是许多青年学习的对象。我们现正在争取汉语的规范化，说到究竟，真正促成语文规范化的还是在群众中有威信的作家，你也不能不注意到这一点。

文学出版社只叫我注意对原文的忠实，没叫我对中文提意见。我仔细校对以后，觉得少数地方对原文意义小有出入，还是些次要的问题，主要的问题还是在中文方面。自恃和你多年相识，才敢冒昧提出上面一点很直率的意见，我想你会了解而且原谅这一点忠直的意思。

用铅笔写在原稿上的建议仅供你自己最后校改时的参考，有些地方我或不免主观，只能批判地接受。另附一表，就你直译痕迹很突出的分类举例！如果你在原则上同意我的看法，你在作最后校改时恐怕就要在这些地方多注意。专此

敬颂

著祺

弟 朱光潜谨启

10月10日

（载《新文学史料》第1期，1990年）

肆 | 荡涤放情志，何为自结束

谈动

——愁来愁去，人生还是那么样一个人生，世界也还是那么样一个世界。假如把自己看得伟大，你对于烦恼，当有“不屑”的看待；假如把自己看得渺小，你对于烦恼，当有“不值得”的看待。

朋友：

从屡次来信看，你的心境近来似乎很不宁静。烦恼究竟是一种暮气，是一种病态。你还是一个十八九岁的青年，就这样颓唐沮丧，我实在替你担忧。

一般人欢喜谈玄，你说烦恼，他便从“哲学辞典”里拖出“厌世主义”“悲观哲学”等等堂哉皇哉的字样来叙你的病由。我不知道你感觉如何？我自己从前仿佛也尝过烦恼的况味，我只觉得忧来无方，不但人莫之知，连我自己也莫名其妙，哪里有所谓哲学与人生观！我也些微领过哲学家的教训：在心气和平时，我景仰希腊廊下派哲学者，相信人生当皈依自然，不当存有嗔喜贪恋；我景仰托尔斯泰，相信人生之美在宥与爱；我景仰布朗宁，相信世间有丑才能有美，不完全乃真完全；然而外感偶来，心波立涌，拿天大的哲学，也抵挡不住。这固然是由于缺乏修养，但是青年们有几个修养到“不动心”的地步呢？从前长辈们往往拿“应该不应该”的大道理向我说法。他们说，像我这样一个青年应该活泼泼的，不应该暮气沉沉的，应该努力做学问，不应该把自己的忧乐放在心头。谢谢罢，请留着这副“应该”的方剂，将来患烦恼的人还多呢！

朋友，我们都不过是自然的奴隶，要征服自然，只得服从自然。违反自然，烦恼才乘虚而入，要排解烦闷，也须得使你的自然冲动有机会发泄。人生来好动，好发展，好创造。能动，能发展，能创造，便是顺从自然，便能享受快乐；不动，不发展，不创造，便是摧残生机，便不免感觉烦恼。这种事实在流行语中就可以见出，我们感觉快乐时说“舒畅”，感觉不快乐时说“抑郁”。这两个字样可以用作形容词，也可以用作动词。用作形容词时，它们描写快或不快的状态；用作动词时，我们可以说它们说明快或不快的原因。你感觉烦恼，因为你的生机被抑郁；你要想快乐，须得使你的生机能舒畅，能宣泄。

流行语中又有“闲愁”的字样，闲人大半易于发愁，就因为闲时生机静止而不舒畅。青年人比老年人易于发愁些，因为青年人的生机比较强旺。小孩子们的生机也很强旺，然而不知道愁苦，因为他们时时刻刻地游戏，所以他们的生机不至于被抑郁。小孩子们偶尔不很乐意，便放声大哭，哭过了气就消去。成人们感觉烦恼时也还要拘礼节，哪能由你放声大哭呢？黄连苦在心头，所以愈觉其苦。歌德少时因失恋而想自杀，幸而他的文机动了，埋头两礼拜著成一部《少年维特之烦恼》，书成了，他的气也泄了，自杀的念头也打消了。你发愁时并不一定要著书，你就读几篇哀歌，听一幕悲剧，借酒浇愁，也可以大畅胸怀。从前我很疑惑何以剧情愈悲而读之愈觉其快意，近来才悟得这个泄与郁的道理。

总之，愁生于郁，解愁的方法在泄；郁由于静止，求泄的方法在动。从前儒家讲心性的话，从近代心理学眼光看，都很粗疏，只有孟子的“尽性”一个主张，含义非常深广。一切道德学说都不免肤浅，如果不从“尽性”的基点出发。如果把“尽性”两字懂得透澈，我以为生活目的在此，生活方法也就在此。人性固然是复杂的，可是人是动物，基本性不外乎动。从动的中间我们可以寻出无限快感。这个道理我可以拿两种小事来印证：从前我住在家里，自己的书房总欢喜自己打扫。每看到书籍零乱，灰尘满地，你亲自去洒扫一过，霎时间混浊的世界变成明窗净几，此时悠然就座，游目骋怀，乃觉有不可言喻的快慰，再比方你自己是欢喜打网球的，当你起劲打球时，你还记得天地间有所谓烦恼么？

你大约记得晋人陶侃的故事。他老来罢官闲居，找不得事做，便去搬砖。晨间把一百块砖由斋里搬到斋外，暮间把一百块砖由斋外搬到斋里。人问其故，他说：“吾方致力中原，过尔优逸，恐不堪事。”他又尝对人说：“大禹圣人，乃惜寸阴，至于众人，当惜分阴。”其实惜阴何必定要搬砖，不过他老先生还很茁壮，借这个玩意儿多活动活动，免得抑郁无聊罢了。

朋友，闲愁最苦！愁来愁去，人生还是那么样一个人生，世界也还是那么样一个世界。假如把自己看得伟大，你对于烦恼，当有“不屑”的看待；假如把自己看得渺小，你对于烦恼，当有“不值得”的看待。我劝你多打网球，多弹钢琴，多栽花木，多搬砖弄瓦。假如你不喜欢这

些玩意儿，你就谈谈笑笑，跑跑跳跳，也是好的。就在此祝你

谈谈笑笑，

跑跑跳跳！

你的朋友 孟实

（载《朱光潜全集》第 1 卷，顾问叶圣陶、沈从文、季羡林，1987 年 8 月）

谈静

——你对着有趣的人，你并不必须多谈话，只是漠然相对，心领神会，便可觉得朋友之间的无上至乐。

朋友：

前信谈动，只说出一面真理。人生乐趣一半得之于活动，也还有一半得之于感受。所谓“感受”是被动的，是容许自然界事物感动我的感官和心灵。这两个字涵义极广。眼见颜色，耳闻声音，是感受；见颜色而知其美，闻声音而知其和，也是感受。同一美颜，同一和声，而各个人所见到的美与和的程度又随天资境遇而不同。比方路边有一棵苍松，你看见它只觉得可以砍来造船；我见到它可以让人纳凉；旁人也许说它很宜于入画，或者说它是高风亮节的象征。再比方街上有一个乞丐，我只能见到他的蓬头垢面，觉得他很讨厌；你见他便发慈悲心，给他一个铜子；旁人见到他也许立刻发下宏愿，要打翻社会制度。这几个人反应不同，都由于感受力有强有弱。

世间天才之所以为天才，固然由于具有伟大的创造力，而他的感受力也分外比一般人强烈。比方诗人和美术家，你见不到的东西他能见到，你闻不到的东西他能闻到。麻木不仁的人就不然，你就请伯牙向他弹琴，他也只联想到棉匠弹棉花。感受也可以说是“领略”，不过领略只是感受的一方面。世界上最快活的人不仅是最活动的人，也是最能领略的人。所谓领略，就是能在生活中寻出趣味。好比喝茶，渴汉只管满口吞咽，会喝茶的人却一口一口地细啜，能领略其中风味。

能处处领略到趣味的人决不至于岑寂，也决不至于烦闷。朱子有一首诗说："半亩方塘一鉴开，天光云影共徘徊，问渠哪得清如许？为有源头活水来。"这是一种绝美的境界。你姑且闭目一思索，把这幅图画印在脑里，然后假想这半亩方塘便是你自己的心，你看这首诗比拟人生苦乐多么恰当！一般人的生活干燥，只是因为他们的"半亩方塘"中没有天光云影，没有源头活水来，这源头活水便是领略得的趣味。

领略趣味的能力固然一半由于天资，一半也由于修养。大约静中比较容易见出趣味。物理上有一条定律说：两物不能同时并存于同一空间。这个定律在心理方面也可以说得通。一般人不能感受趣味，大半因为心地太忙，不空所以不灵。我所谓"静"，便是指心界的空灵，不是指物界的沉寂，物界永远不沉寂的。你的心境愈空灵，你愈不觉得物界沉寂，或者我还可以进一步说，你的心界愈空灵，你也愈不觉得物界喧嘈。所以习静并不必定要逃空谷，也不必定学佛家静坐参禅。静与闲也不同。许多闲人不必都能领略静中趣味，而能领略静中趣味的人，也不必定要闲。在百忙中，在尘市喧嚷中，你偶然丢开一切，悠然遐想，你心中便蓦然似有一道灵光闪烁，无穷妙悟便源源而来。这就是忙中静趣。

我这番话都是替两句人人知道的诗下注脚。这两句诗就是“万物静观皆自得，四时佳兴与人同”。大约诗人的领略力比一般人都要大。近来看周启孟的《雨天的书》引日本人小林一茶的一首俳句：

不要打哪，苍蝇搓他的手，搓他的脚呢。

觉得这种情境真是幽美。你懂得这一句诗就懂得我所谓静趣。中国诗人到这种境界的也很多。现在姑且就一时所想到的写几句给你看：

鱼戏莲叶东，鱼戏莲叶西，鱼戏莲叶南，鱼戏莲叶北。

——古诗，作者姓名佚

山涤余霭，宇暖微霄。有风自南，翼彼新苗。

——陶渊明《时运》

采菊东篱下，悠然见南山。山气日夕佳，飞鸟相与还。

——陶渊明《饮酒》

目送飘鸿，手挥五弦。俯仰自得，游心太玄。

——嵇叔夜《送秀才从军》

倚杖柴门外，临风听暮蝉。渡头余落日，墟里上孤烟。

——王摩诘《赠裴迪》

像这一类描写静趣的诗，唐人五言绝句中最多。你只要仔细玩味，你便可以见到这个宇宙又有一种景象，为你平时所未见到的。梁任公的《饮冰室文集》里有一篇谈“烟士披里纯”，詹姆斯的《与教员学生谈话》（James，Talks To Teachers and Students）里面有三篇谈人生观，关于静趣都说得很透辟。可惜此时这两部书都不在手边，不能录几段出来给你看。你最好自己到图书馆里去查阅。詹姆斯的《与教员学生谈话》那三篇文章（最后三篇）尤其值得一读，记得我从前读这三篇文章，很受他感动。

静的修养不仅是可以使你领略趣味，对于求学处事都有极大帮助。释迦牟尼在菩提树阴静坐而证道的故事，你是知道的。古今许多伟大人物常能在仓皇扰乱中雍容应付事变，丝毫不觉张皇，就因为能镇静。现代生活忙碌，而青年人又多浮躁。你站在这潮流里，自然也难免跟着旁人乱嚷。不过忙里偶然偷闲，闹中偶然觅静，于身于心，都有极大裨益。你多在静中领略些趣味，不特你自己受用，就是你的朋友们看着你也快慰些。我生平不怕呆人，也不怕聪明过度的人，只是对着没有趣味的人，要勉强同他说应酬话，真是觉得苦也。你对着有趣味的人，你并不必多谈话，只是默然相对，心领神会，便可觉得朋友中间的无上至乐。你有时大概也发生同样感想吧？

眠食诸希珍重！

你的朋友 孟实

（载《朱光潜全集》第1卷，顾问叶圣陶、沈从文、季羡林，1987年8月）

谈敬——给《申报周刊》的青年读者

——那时节，我忘记国家的界限，不知不觉地对日本人所表现的这种精神肃然起敬，心里想，日本人终究不是一个可以轻视的民族。

朋友：

前年夏天我到日本去旅行，最使我感动而至今仍眷恋不忘的是在东京明治天皇神宫所见到的一幅景象。那是一个天清气爽的早晨，明治神宫在一座广大的松柏参天、鸦风雀静的园子里巍然兀立，前面横着一条洁净无尘的柏油大道。一队又一队的青年学生趁这条路上学去，走到神宫面前时，都转身向神宫脱帽深深地一鞠躬，然后再继续走他们的路。成群的固然如此，就是单独的行人走到神宫面前对于这一项顶礼也丝毫不苟且。看他们的面容是那样严肃沉着，想来不是一种虚文繁礼，而真是衷心敬仰的流露。那时节，我忘记国家的界限，不知不觉地对日本人所表现的这种精神肃然起敬，心里想，日本人究竟不是一个可以轻视的民族。

这种感想常存在心里，一直到去年二月二十六日的日本政变，才受一种出于意外的动摇。那几天的报纸已不在手边，但是经过的大概我还约略记得。二月二十六日那天早晨有一批青年军人同时分途闯进几位国老元勋的住宅去行所谓“清君侧”的壮举。他们闯进以清廉著名的首相冈田的房里，冈田夫人跪地央求他们饶了冈田，让他报效国家，而他们却悍然不顾，把他像宰猪屠狗的杀死了，他们闯进高桥老藏相的房里，老藏相头上耸着八十余龄老叟的白发，面上横着为国家任劳任怨所得的皱纹，向他们瞪着哀怜的眼睛，他们也悍然不顾，把他像宰猪屠狗的伤害了。同时他们用同样的残酷的方法杀害了许多其他国老元勋。据后来的报告，说冈田幸而没有死，但是代冈田而死的松尾面貌活像冈田，行刺者是把他认作冈田杀死的，所以在道德上的意义，他们杀松尾是与杀冈田无殊。当时我看到这种消息，我也忘记国家的界限，对这些被难者表示真挚的同情，同时也觉得日本固有的可宝贵的虔敬精神到现在像是逐渐衰落了，不免有些惋惜，心里又想，如果那次的凶杀能代表现代日本的特殊精神，日本也就不复是一个可畏的民族了。

那两种很强烈的相反称的印象近来常在我心中盘旋。它们使我深刻地感觉到“敬”一个字所代表的情感对于一个民族或一个人的重要。我想，无论是一个民族或是一个人，如果心里没有“敬”的情感，决不会有伟大的成就。我不能仔细用逻辑说明这层道理。这也许仅是我的一种直觉，也许是历史传记把无数古今伟大人物的经验在我心中所积累成的总印象。

提起“敬”，我想到摩西率领六十万犹太人从埃及步行九十余天到西乃山对着山巅的云雾雷电，膜拜他们的尊神耶和华，战战兢兢地受他们的十诫，我想到从前过红海时所望见的天方教徒，在炎天烈日之下的空旷荒野的沙漠里，默默向麦加城俯身合掌祷祝。这种宗教情绪是最原始式的“敬”，而现代人所鄙视的迷信。但是这种迷信的意义是值得深长思的。靠着它，许多原始民族在忧患艰难中很自信地向前挣扎，维持他们的永久生命，靠着它，人类不甘与其他动物同自封于饮食男女的满足，而要悬一个超于人类的全善全能的理想，引导他们，鼓励他们作向上的企图，“敬”不是别的东西，它就是人类的一种自然的向善向上的情感。心里觉得一件东西可尊贵，觉得它超过于自己所常达到的限度，而值得自己去努力追求，于是才对它肃然起敬。

敬的情感在宗教之外又表现于英雄崇拜。提起它，我想起斯巴达王列奥尼达以三百人的孤军死守德摩比利山峡，抵抗几十万的波斯大军，宁可全军覆没，不愿放弃他们的职守。后来希腊诗人在山峡旁纪念碑上题着一句简单而深刻的铭语：“过路人，请告诉斯巴达人，因为服从他们的命令，我们躺在这里。”我想象到这句话所说的英雄事迹在每个希腊人的心中所引起的虔敬，所提起的勇气。这三百人死了，那几十万波斯大军也终竟没有征服希腊，希腊人的生命就靠着这一点虔敬，这一股勇气做了救星。历史上同样的实例不胜枚举。每个国家在新兴时代都有些民族英雄盘踞在一般民众的想象里，使他们咏歌赞叹，使他们奉为模范，追踪[54]仿效，把生命的价值与荣誉永远保持下去。凡是原始时代的史诗都是对于民族英雄的虔敬崇拜的表现。希腊民族的阿喀琉斯，日耳曼民族的西格弗里，法兰西民族的查理大帝都是著例。这些民族的蹶兴，

54 踨：zōng，同“踪”。

原因固不止一种，他们各有几个民族英雄成为国人的中心信仰与一国特殊精神的结晶，这一层恐怕比任何其他原因都较重要。史诗时代的英雄崇拜在今日固已过去，这是宗教神话的衰落与德谟克拉西[55]精神的兴起所必有的结果。所以在今日谈英雄崇拜不免引起顽固腐朽的讥诮。但是事实最雄辩，骂英雄崇拜的德谟克拉西派与普罗派的人们实际上自己也还在很虔敬地崇拜英雄。倘若不然，谁去要卢梭进先贤祠？谁去替华盛顿立纪念坊？谁去替列宁造铜像？谈到究竟，历史是几个伟大人物造成的。他们特立独行，坚苦卓绝地战胜环境困难，实现他们的理想，留给我们无穷的恩惠。无论他们是政治上的人物像华盛顿和列宁，宗教上的人物像释迦和耶稣，学术上的人物像苏格拉底和孔子，都是值得我们虔诚膜拜的。一种伟大的精神在人间能不朽，就全靠这一颗虔敬的心。“敬”是对于生命最有价值的东西的眷恋，人类到失去虔敬情感的时候，就不会作向上的企图，使生命成为一种有价值的东西了。

虔敬的心到处可以表现。站在一座雄伟峭拔的高峰前，你的心里猛然迸出惊赞；读过一篇情感真挚表现完美的文艺作品，你不由自主地受感动；看到一只老麻雀从树顶上跳下来和一条猛犬拼命，营救它的雏鸟，像屠格涅夫在一首散文诗里所描写的，你心里佩服它的慈祥与勇敢，这都是虔敬的流露。一个人可以敬他的人性和人权，敬他的恩人和良师益友，敬他的责任，敬他的事业，敬他所有的一颗虔敬的心。有大良的

55 德谟克拉西：即 Democracy，民主。

人都必有一颗虔敬的心，到失去这颗心时，他的天良必先已丧尽，人其名而兽其实了。

中国先儒也常以主“敬”教人，但是到末流“敬”变成道学家的一种拘束。“敬”本是良心的自然流露，在外表所看得出来的是“礼”。一部《礼记》和一部《仪礼》可以说是先儒想把“敬”的表现定成一种条文，把“敬”加以公式化或刻板化。“敬”是精神，“礼”是形骸。他们以为精神可以借形骸而维持其生命，其实形骸虽存，精神可以不存在。借重形骸，结果往往使人逐渐忘去它所应表现的精神，而形骸也变成空洞累赘。“敬”由“礼”而流为拘束的原因即在此。举一个很浅显的例：向总理遗像鞠躬读遗嘱，本来应该是一种虔敬的表示，现在一般行政人员和学生们举行这种礼节时，心里大半没有丝毫虔敬的念头，就不免嫌它是一种拘束了。

我常替我们现在的中国民族担忧，我觉得我们现代中国人，无论老少，都太缺乏真挚的虔敬心。中国人本来是一个最不宗教的民族，不过在已往几千年中我们却也有一个中心信仰而对于它也怀着一种虔敬。我们曾经敬仰过忠孝节义的美德，我们曾经敬仰过在政治学术文艺各方面有伟大建树的人物。在现代，这些似乎都已变成被唾弃的偶像了。我们的心中变成很空洞的，觉得世间似乎没有一个人、一件东西或是一种品格值得我们心悦诚服地尊敬。根本上我们就已经失去一颗虔敬的心，一件奇耻大辱不能使我们感到羞耻，一个伟大人物的嘉言懿行不能使我们感发兴起。在种种方面我们都贪苟且，做官苟且抓钱，办外交苟且妥协，守防的苟且降屈退让，过毒窟妓院苟且贪一时的感官快乐……这种种“苟且”都是虔敬心丧失的铁证。文学是民族精神的最直接的表现，而现在中国最流行的文学是幽默诙谐讽刺，是无聊的感伤，是不负责任的呐喊。它所表现的是一副憨皮笑脸的态度。虔敬站在它旁边自然显得迂腐了。

朋友，你想想看，世间哪一件伟大的事业是憨皮笑脸的态度可以产生出来的？哪一个民族或则哪一个人心里不敬仰一种高尚的理想而能作向上的企图？在这憨皮笑脸的世界中，小心提防受他们的传染，时时读伟大人物的传记，滋养你那一颗虔敬的心啊！

朱光潜

（载《申报周刊》第 2 卷第 2 期，1937 年 1 月）

谈休息

——在现代紧张的生活中，我们“车如流水马如龙”地向前直滚，不曾留下一点时光做一番静观和回味，以致华严世相都在特别快车的窗子里滑了过去，而我们也只是轮回戏盘中的木人木马。

在世界各民族中，我们中国人要算是最能刻苦耐劳的。第一是农人。他们日出而作，日入而息，不分阴晴冷暖，总是硬着头皮，流着血汗，忙个不休。一年之中，他们最多只能在过年过节时歇上三五天，你如果住在乡下，常看他们在炎天烈日下车水拔草，挑重担推重车上高坡，或是拉牵绳拖重载船上急滩，你对他们会起敬心也会起怜悯心，觉得他们虽是人，却在做牛马的工作，过牛马的生活。读书人比较算是有闲阶级，但在未飞黄腾达以前，也要经过一番艰苦的奋斗。从前私塾学生从天亮到半夜，都有规定的课程，休息对于他们是一个稀奇的名词。小学生们只有在先生打瞌睡时偷耍一阵，万一先生不打瞌睡，就只有找藉口逃学。从前读书人误会“自强不息”的意思，以为“不息”就是不要休息。十年不下楼、十年不窥园、囊萤刺股、发愤忘食之类的故事在读书人中传为美谈，奉为模范。近代学校教育比从前私塾教育似乎也并不轻松多少。从小学以至大学，功课都太繁重，每日除上六七小时课外还要看课本做练习。世界各国学校上课钟点之多，假期之短少，似没有比得上我们的。

这种刻苦耐劳的精神原可佩服，但是对于身心两方的修养却是极大的危害。最刻苦耐劳的是我们中国人，体格最羸弱而工作最不讲效率的也是我们中国人。这中间似不无密切关系。我们对于休息的重要性太缺乏彻底的认识了。它看来虽似小问题，却为全民族的生命力所关，不能不提出一谈。

自然界事物都有一个节奏。脉搏一起一伏，呼吸一进一出，筋肉一张一弛，以致日夜的更替，寒暑的来往，都有一个劳动和休息的道理在内。草木和虫豸在冬天要枯要眠，土壤耕种了几年之后须休息，连机器输电灯线也不能昼夜不息地工作。世间没有一件事物能在一个状态维持到久远的，生命就是变化，而变化都有一起一伏的节奏。跳高者为着要跳得高，先蹲着很低；演戏者为着造成一个紧张的局面，先来一个轻描淡写；用兵者守如处女，才能出如脱兔；唱歌者为着要拖长一个高音，先须深深地吸一口气。事例是不胜枚举的。世间固然有些事可以违拗自然去勉强，但是勉强也有它的限度。人的力量，无论是属于身或属于心的，到用过了限度时，必定是由疲劳而衰竭，由衰竭而毁灭。譬如弓弦，老是尽量地拉满不放松，结果必定是裂断。我们中国人的生活常像满引的弓弦，只图张的速效，不顾弛的蓄力，所以常在身心俱惫的状态中。这是政教当局所必须设法改善的。

一般人以为多延长工作的时间就可以多收些效果。比如说，一天能走一百里路，多走一天，就可以多走一百里路，如此天天走着不歇，无论走得多久，都可以维持一百里的速度。凡是走过长路的人都知道算盘打得不很精确，走久了不歇，必定愈走愈慢，以致完全走不动。我们走路的秘诀，“不怕慢，只怕站”，实在只是片面的真理。永远站着固然不行，永远不站也不一定能走得远，不站就须得慢，慢有时延误事机；而偶尔站站却不至于慢，站后再走是加速度的唯一办法。我们中国人做事的通病就在怕站而不怕慢，慢条斯理地不死不活地往前挨，说不做而做着并没有歇，说做却并没有做出什么名色来。许多事就这样因循耽误了。我们只讲工作而不讲效率，在现代社会中，不讲效率，就要落后。西方各国都把效率看作一个迫切的问题，心理学家对这问题做了无数的实验，所得的结论是以同样时间去做同样工作，有休息的比没有休息的效率大得多。比如说，一长页的算学加法习题，继续不断地去做要费两点钟，如果先做五十分钟，继以二十分钟的休息，再做五十分钟，也还可以做完，时间上无损失而错误却较少。西方新式工厂大半都已应用这个原则去调节工作和休息的时间，结果工人的工作时间虽然少了，雇主的出品质量反而增加了。一般人以为休息是浪费时间，其实不休息的工作才真是浪费时间。此外还有精力的损耗更不经济。拿中国人与西方人相比，可工作的年龄至少有二十年的差别，我们到五六十岁就衰老无能为，他们那时还正年富力强，事业刚开始，这分别有多大！

休息不仅为工作蓄力，而且有时工作必须在休息中酝酿成熟。法国大数学家潘嘉赉[56]研究数学上的难题，苦思不得其解，后来跑到街上

56 赉：lài。

闲逛，原来费尽气力不能解决的难题却于无意中就轻轻易易地解决了。据心理学家的解释，有意识作用的工作须得退到潜意识中酝酿一阵，才得着土生根。通常我们在放下一件工作之后，表面上似在休息，而实际上潜意识中那件工作还在进行，詹姆斯有“夏天学溜冰，冬天学泅水”的比喻，溜冰本来是前冬练习的，今夏无冰可溜，自然就想不到溜冰，算是在休息，但是溜冰的筋肉技巧却恰巧此时凝固起来。泅水也是如此，一切学习都如此。比如我们学写字，用功甚勤，进步总是显得很慢，有时甚至越写越坏。但是如果停下一些时候再写，就猛然觉得字有进步。进步之后又停顿，停顿之后又进步，如此辗转多次，字才易写得好。习字需要停顿，也是因为要有时间让筋肉技巧在潜意识中酝酿凝固。习字如此，习其他技术也是如此。休息的工夫并不是白费的，它的成就往往比工作的成就更重要。

《佛说四十二章经》里有一段故事，戒人为学不宜操之过急，说得很好：

沙门夜诵迦叶佛遗教经，其声悲紧，思悔欲退。佛问之曰：“汝昔在家，曾为何业？”对曰：“爱弹琴。”佛言：“弦缓如何？”对曰：“不鸣矣。”“弦急如何？”对曰：“声绝矣。”“急缓得中如何？”对曰：“诸音普矣。”佛言：“沙门学道亦然。心若调适，道可得矣。于道若暴，暴即身疲；其身若疲，意即生恼；意若生恼，行即退矣。”

我国先儒如程朱诸子教人为学，亦常力戒急迫，主张“优游涵泳”，这四字含有妙理，它所指的功夫是猛火煎后的慢火煨，紧张工作后的潜意识的酝酿。要“优游涵泳”，非有充分休息不可。大抵治学和治事，第一件要事是清明在躬，从容而灵活，常做得自家的主宰，提得起也放得下。急迫躁进最易误事。我有时写字或作文，在意兴不佳或微感倦怠时，手不应心，心里愈想好，而写出来的愈坏，在此时仍不肯丢下，带着几分气忿的念头勉强写下去，写成要不得就扯去，扯去重写仍是要不得，于是愈写愈烦躁，愈烦躁也就写得愈不像样。假如在发现神志不旺时立即丢开，在乡下散步，吸一口新鲜空气，看看蓝天绿水，陡然间心旷神怡，回头来再伏案做事，便觉精神百倍，本来做得很艰苦而不能成功的事，现在做起来却有手挥目送之乐，轻轻易易就做成了。不但作文写字如此，要想任何事做得好，做时必须精神饱满，工作成为乐事。一有倦怠或烦躁的意思，最好就把它搁下休息一会儿，让精神恢复后再来。

人须有生趣才能有生机。生趣是在生活中所领略得的快乐，生机是生活发扬所需要的力量。诸葛武侯所谓“宁静以致远”就包含生趣和生机两个要素在内，宁静才能有丰富的生趣和生机，而没有充分休息做优游涵泳的工夫的人们决难宁静。世间有许多过于辛苦的人，满身是尘劳，满腔是杂念，时时刻刻都为环境的需要所驱遣，如机械一般流转不息，自己做不得自己的主宰，呆板枯燥，没有一点生人之趣。这种人是环境压迫的牺牲者，没有力量抬起头来驾驭环境或征服环境，在事业和学问上都难有真正的大成就。我认识许多穷苦的农人，孜孜不辍的老学究和一天在办公室坐八小时的公务员，都令我起这种感想。假如一个国家里都充满着这种人，我们很难想象出一个光明世界来。

基督教的《圣经》叙述上帝创造世界的经过，于每段工作完成之后都赞上一句说："上帝看看他所做的事，看，每一件都很好！"到了第七天，上帝把他的工作都完成了，就停下来休息，并且加福于这第七天，因为在这一天他能够休息。这段简单的文字很可耐人寻味。我们不但需要时间工作，尤其需要时间对于我们所做的事回头看一看，看出它很好；并且工作完成了，我们需要一天休息来恢复疲劳的精神，领略成功的快慰。这一天休息的日子是值得"加福的"，"神圣化的"（《圣经》里所用的字是 Blessed and Sanctified）。在现代紧张的生活中，我们"车如流水马如龙"地向前直滚，不曾留下一点时光作一番静观和回味，以至华严世相都在特别快车的窗子里滑了过去，而我们也只是轮回戏盘中的木人木马，有上帝的榜样在那里而我们不去学，岂不是浪费生命！

我生平最爱陶渊明在《自祭文》里所说的两句话：

勤靡余劳，心有常闲。

上句是尼采所说的狄俄尼索斯的精神，下句即是阿波罗的精神。动中有静，常保存自我主宰，这是修养的极境，人事算尽了，而神仙福分也就在尽人事中享着。现代人的毛病是"勤有余劳，心无偶闲"。这毛病不仅使生活索然寡味，身心俱惫，于事劳而无功，而且使人心地驳杂，缺乏冲和弘毅的气象，日日困于名缰利锁，叫整个世界日趋于干枯黑暗。但丁描写魔鬼在地狱中受酷刑，常特别着重“不停留”或“无间断”的字样。“不停留”“无间断”自身就是一种惩罚，甘受这种惩罚的人们是甘愿人间成为地狱，上帝的子孙们，让我们跟着他的榜样，加福于我们工作之后休息的时光啊！

（载《朱光潜全集》第4卷，顾问叶圣陶、沈从文、季羡林，1987年8月）

谈趣味

——如果一个人相信地球是方的或是泰山比一切的山都高，你可以和他争辩，可以用很精确的论证去说服他，但是如果他说《花月痕》比《浮生六记》高明，或是两汉以后无文章，你心里尽管不以他为然，口里最好不说，说也无从说起。

拉丁文中有一句陈语说："谈到趣味无争辩。""文章千古事，得失寸心知"，不但作者对于自己的作品是如此，就是读者对于作者恐怕也没有旁的说法。如果一个人相信地球是方的或是泰山比一切的山都高，你可以和他争辩，可以用很精确的论证去说服他。但是如果他说《花月痕》比《浮生六记》高明，或是两汉以后无文章，你心里尽管不以他为然，口里最好不说，说也无从说起。遇到"自家人"，彼此相看一眼，心领神会就行了。

这番话显然带有一些印象派批评家的牙慧。事实上我们天天谈文学，在批评谁的作品好，谁的作品坏，文学上自然也有是非好丑，你欢喜坏的作品而不欢喜好的作品，这就显得你的趣味低下，还有什么话可说？这话谁也承认，但是难问题不在此，难问题在你以为丑而他以为美，或是你以为美而他以为丑时，你如何能使他相信你而不相信他自己呢？或者进一步说，你如何能相信你自己一定是对呢？你说文艺上自然有一个好丑的标准，这个标准又如何可以定出来呢？从前文学批评家们有些人以为要取决于多数。以为经过长久时间淘汰而仍巍然独存，为多数人所欣赏的作品总是好的。相信这话的人太多，我不敢公开地怀疑，但是在我们至好的朋友中，我不妨说句良心话：我们至多能活到一百岁，到什么时候才能知道Marcel Proust（马塞尔·普鲁斯特）或D.H.Lawrence（戴维·赫伯特·劳伦斯）值不值得读一读呢？从前批评家们也有人，例如阿诺德，以为最稳当的办法是拿古典名著做“试金石”，遇到新作品时，把它拿来在这块“试金石”上面擦一擦，硬度如果相仿佛，它一定是好的；如果擦了要脱皮，你就不用去理会它。但是这种办法究竟是把问题推远而并没有解决它，文学作品究竟不是石头，两篇相擦时，谁看见哪一篇“脱皮”呢？

“天下之口有同嗜”，——但是也有例外。文学批评之难就难在此。如果依正统派，我们便要抹煞例外；如果依印象派，我们便要抹煞“天下之口有同嗜”。关于文学的嗜好，“例外”也并不可一笔勾销。在Keats（济慈）未死以前，嗜好他的诗的人是例外，在印象主义闹得很轰烈时，真正嗜好Malarmé（马拉美）的诗的人还是例外，我相信现在真正欢喜T.S.Eliot（托马斯·斯特尔那斯·艾略特）的人恐怕也得列在例外。这些“例外”的人常自居élite（精英）之列，而实际上他们也往往真是élite。所谓“经过长久时间淘汰而仍巍然独存的”作品往往是先由这班“例外”的先生们捧出来的。

在正统派看，“天下之口有同嗜”一个公式之不可抹煞当更甚于“例外”之不可抹煞。他们总得喊要“标准”，喊要“普遍性”。他们自然也有正当道理。反正这场官司打不清，各个时代都有喊要标准的人，同时也都有信任主观嗜好的人。他们各有各的功劳，大家正用不着彼此瞧不起彼此。

文艺不一定只有一条路可走。东边的景致只有面朝东走的人可以看见，西边的景致也只有面朝西走的人可以看见。向东走者听到向西走者称赞西边景致时觉其夸张，同时怜惜他没有看到东边景致美。向西走者看待向东走者也是如此。这都是常有的事，我们不必大惊小怪。理想的游览风景者是向东边走过之后能再回头向西走一走，把东西两边的风味都领略到。这种人才配估定东西两边的优劣。也许他以为日落的景致和日出的景致各有胜境，根本不同，用不着去强分优劣。

一个人不能同时走两条路，出发时只有一条路可走。从事文艺的人入手不能不偏，不能不依傍门户，不能不先培养一种偏狭的趣味。初喝酒的人对于白酒红酒种种酒都同样地爱喝，他一定不识酒味。到了识酒味时他的嗜好一定偏狭，非是某一家某一年的酒不能使他喝得畅快。学文艺也是如此，没有尝过某一种 Clique[57] 的训练和滋味的人总不免有些江湖气。我不知道会喝酒的人是否可以从非某一家某一年的酒不喝，进到只要是好酒都可以识出味道；但是我相信学文艺者应该能从非某家某派诗不读，做到只要是好诗都可领略到滋味的地步。这就是说，学文

57 Clique：派系。

艺的人入手虽不能不偏，后来却要能不偏，能凭空俯视一切门户派别，看出偏的弊病。

文学本来一国有一国的特殊的趣味，一时有一时的特殊的风尚。就西方诗说，拉丁民族的诗有为日耳曼民族所不能欣赏的境界，日耳曼民族的诗也有为非拉丁民族所能欣赏的境界。寝馈于古典派作品既久者对于浪漫派作品往往格格不入；寝馈于象征派既久者亦觉其他作品都索然无味。中国诗的风尚也是随时代变迁。汉魏六朝唐宋各有各的派别，各有各的信徒。明人尊唐，清人尊宋，好高古者祖汉魏，喜妍艳者推重六朝和西崑[58]。门户之见也往往很严。

但是门户之见可以范围初学而不足以羁縻大雅。读诗较广泛者常觉得自己的趣味时时在变迁中，久而久之，有如江湖游客，寻幽览胜，风雨晦明，川原海岳，各有妙境，吾人正不必以此所长，量彼所短，各派都有长短，取长弃短，才无偏蔽。古今的优劣实在不易下定评，古有古的趣味，今也有今的趣味。后人做不到“蒹葭苍苍”和“涉江采芙蓉”诸诗的境界，古人也做不到“空梁落燕泥”和“山山尽落晖”诸诗的境界。浑朴精妍原来是两种不同的趣味，我们不必强其同。

文艺上一时的风尚向来是靠不住的。在法国十七世纪新古典主义盛行时，十六世纪的诗被人指摘，体无完肤，到浪漫时代大家又觉得“七星派诗人”亦自有独到境界。在英国浪漫主义盛行时，学者都鄙视

58 崑：kūn，中国最大的山脉，西从帕米尔高原起，分三支向东分布。现作“昆仑”。

十七、十八世纪的诗；现在浪漫的潮流平息了，大家又觉得从前被人鄙视的作品，亦自有不可磨灭处。个人的趣味演进亦往往如此。涉猎愈广博，偏见愈减少，趣味亦愈纯正。从浪漫派脱胎者到能见出古典派的妙处时，专在唐宋做工夫者到能欣赏六朝人作品时，笃好苏辛词者到能领略温李的情韵时，才算打通了诗的一关。好浪漫派而止于浪漫派者，或是好苏辛而止于苏辛者，终不免坐井观天，诬天渺小。

趣味无可争辩，但是可以修养。文艺批评不可抹煞主观的私人的趣味，但是始终拘执一家之言者的趣味不足为凭。文艺自有是非标准，但是这种标准不是古典，不是“耐久”和“普及”，而是从极偏走到极不偏，能凭空俯视一切门户派别者的趣味；换句话说，文艺标准是修养出来的纯正的趣味。

（载《益世报文学副刊》第 1 期，1924 年）

谈读诗与情趣的培养

——记得之前在中学里教英文，讲一篇小说时，常有别的班的学生来听；但是遇着讲诗时，旁听者总瞄着机会逃出去。

据我的教书经验来说，一般青年都欢喜听故事而不欢喜读诗。记得从前在中学里教英文，讲一篇小说时，常有别班的学生来旁听；但是遇着讲诗时，旁听者总是瞟着机会逃出去。就出版界的消息看，诗是一种滞销货。一部大致不差的小说就可以卖钱，印出来之后一年中可以再版三版。但是一部诗集尽管很好，要印行时须得诗人自己掏腰包作印刷费，过了多少年之后，藏书家如果要买它的第一版，也用不着费高价。

从此一点，我们可以看出现在一般青年对于文学的趣味还是很低。在欧洲各国，小说固然也比诗畅销，但是没有在中国的这样大的悬殊，并且有时诗的畅销更甚于小说。据去年的统计，法国最畅销的书是波得莱尔的《恶之花》。这是一部诗，而且并不是容易懂的诗。

一个人不欢喜诗，何以文学趣味就低下呢？因为一切纯文学都要有诗的特质。一部好小说或是一部好戏剧都要当作一首诗看。诗比别类文学较谨严，较纯粹，较精致。如果对于诗没有兴趣，对于小说戏剧散文等等的佳妙处也终不免有些隔膜。不爱好诗而爱好小说戏剧的人们大半在小说和戏剧中只能见到最粗浅的一部分，就是故事。所以他们看小说和戏剧，不问它们的艺术技巧，只求它们里面有趣的故事。他们最爱读的小说不是描写内心生活或者社会真相的作品，而是《福尔摩斯侦探案》之类的东西。爱好故事本来不是一件坏事，但是如果要真能欣赏文学，我们一定要超过原始的童稚的好奇心，要超过对于《福尔摩斯侦探案》的爱好，去求艺术家对于人生的深刻的观照以及他们传达这种观照的技巧。第一流小说家不尽是会讲故事的人，第一流小说中的故事大半只像枯树搭成的花架，用处只在撑持住一园锦绣灿烂生气蓬勃的葛藤花卉。这些故事以外的东西就是小说中的诗。读小说只见到故事而没有见到它的诗，就像看到花架而忘记架上的花。要养成纯正的文学趣味，我们最好从读诗入手。能欣赏诗，自然能欣赏小说戏剧及其他种类文学。

如果只就故事说，陈鸿的《长恨歌传》未必不如白居易的《长恨歌》或洪昇的《长生殿》，元稹的《会真记》未必不如王实甫的《西厢记》，兰姆（Lamb）的《莎士比亚故事集》未必不如莎士比亚的剧本。但是就文学价值说，《长恨歌》《西厢记》和莎士比亚的剧本都远非它们所根据的或脱胎的散文故事所可比拟。我们读诗，须在《长恨歌》《西厢记》和莎士比亚的剧本之中寻出《长恨歌传》《会真记》和《莎士比亚故事集》之中所寻不出来的东西。举一个很简单的例来说，比如贾岛的《寻隐者不遇》：

松下问童子，言师采药去。只在此山中，云深不知处。

或是崔颢的《长干行》：

君家何处住？妾住在横塘。停舟暂借问，或恐是同乡。

里面也都有故事，但是这两段故事多么简单平凡？两首诗之所以为诗，并不在这两个故事，而在故事后面的情趣，以及抓住这种简朴而隽永的情趣，用一种恰如其分的简朴而隽永的语言表现出来的艺术本领。这两段故事你和我都会说，这两首诗却非你和我所作得出，虽然从表面看起来，它们是那么容易。读诗就要从此种看来虽似容易而实在不容易做出的地方下功夫，就要学会了解此种地方的佳妙。对于这种佳妙的了解和爱好就是所谓“趣味”。

各人的天资不同，有些人生来对于诗就感觉到趣味，有些人生来对于诗就丝毫不感觉到趣味，也有些人只对于某一种诗才感觉到趣味。但是趣味是可以培养的。真正的文学教育不在读过多少书和知道一些文学上的理论和史实，而在培养出纯正的趣味。这件事实在不很容易。培养趣味好比开疆辟土，须逐渐把本非我所有的变为我所有的。记得我第一次读外国诗，所读的是《古舟子咏》，简直不明白那位老船夫因射杀海鸟而受天谴的故事有什么好处，现在回想起来，这种蒙昧真是可笑，但是在当时我实在不觉到这诗有趣味。后来明白作者在意象音调和奇思幻想上所做的工夫，才觉得这真是一首可爱的杰作。这一点觉悟对于我便是一层进益，而我对于这首诗所觉到的趣味也就是我所征服的新领土。

我学西方诗是从十九世纪浪漫派诗人入手，从前只觉得这派诗有趣味，讨厌前一个时期的假古典派的作品，不了解法国象征派和现代英国的诗；因为这些诗都和浪漫派诗不同。后来我多读一些象征派诗和英国现代诗，对它们逐渐感到趣味，又觉得我从前所爱好的浪漫派诗有好些毛病，对于它们的爱好不免淡薄了许多。我又回头看看假古典派的作品，逐渐明白作者的环境立场和用意，觉得它们也有不可抹煞处，对于他们的嫌恶也不免减少了许多。在这种变迁中我又征服了许多新领土，对于已得的领土也比从前认识较清楚。对于中国诗我也经过了同样的变迁。最初我由爱好唐诗而看轻宋诗，后来我又由爱好魏晋诗而看轻唐诗。现在觉得各朝诗都各有特点，我们不能以衡量魏晋诗的标准去衡量唐诗和宋诗。它们代表几种不同的趣味，我们不必强其同。

对于某一种诗，从不能欣赏到能欣赏，是一种新收获；从偏嗜到和他种诗参观互较而重新加以公平的估价，是对于已征服的领土筑了一层更坚固的壁垒。学文学的人们的最坏的脾气是坐井观天，依傍一家门户，对于口胃不合的作品一概藐视。这种人不但是近视，在趣味方面不能有进展；就连他们自己所偏嗜的也很难真正地了解欣赏，因为他们缺乏比较资料和真确观照所应有的透视距离。文艺上的纯正的趣味必定是广博的趣味；不能同时欣赏许多派别诗的佳妙，就不能充分地真确地欣赏任何一派诗的佳妙。趣味很少生来就广博，好比开疆辟土，要不厌弃荒原瘠壤，一分一寸地逐渐向外伸张。

趣味是对于生命的澈悟和留恋，生命时时刻刻都在进展和创化，趣味也就要时时刻刻在进展和创化。水停蓄不流便腐化，趣味也是如此。从前私塾冬烘学究以为天下之美尽在八股文、试帖诗、《古文观止》和了凡《纲鉴》。他们对于这些乌烟瘴气何尝不津津有味？这算是文学的趣味么？习惯的势力之大往往不是我们所能想象的。我们每个人多少都有几分冬烘学究气，都把自己囿在习惯所画成的狭小圈套中，对于这个圈套以外的世界都视而不见，听而不闻。沉溺于风花雪月者以为只有风花雪月中才有诗，沉溺于爱情者以为只有爱情中才有诗，沉溺于阶级意识者以为只有阶级意识中才有诗。风花雪月本来都是好东西，可是这四个字联在一起，引起多么俗滥的联想！联想到许多吟风弄月的滥调，多么令人作呕！“神圣的爱情”“伟大的阶级意识”之类大概也有一天都归于风花雪月之列吧？这些东西本来是佳丽、是神圣、是伟大，一旦变成冬烘学究所赞叹的对象，就不免成了八股文和试帖诗。道理是很简单的。艺术和欣赏艺术的趣味都必须有创造性，都必时时刻刻在开发新境界。如果让你的趣味囿在一个狭小圈套里，它无机会可创造开发，自然会僵死，会腐化。一种艺术变成僵死腐化的趣味的寄生之所，它怎能有进展开发？怎能不随之僵死腐化？

艺术和欣赏艺术的趣味都与滥调是死对头。但是每件东西都容易变成滥调，因为每件东西和你熟悉之后，都容易在你的心理上养成习惯反应。像一切其他艺术一样，诗要说的话都必定是新鲜的。但是世间哪里有许多新鲜话可说？有些人因此替诗危惧，以为关于风花雪月、爱情、阶级意识等等的话或都已被人说完，或将有被人说完的一日，那一日恐怕就是诗的末日了。抱这种过虑的人们根本没有了解诗究竟是什么一回事。诗的疆土是开发不尽的，因为宇宙生命时时刻刻在变动进展中，这种变动进展的过程中每一时每一境都是个别的、新鲜的、有趣的。所谓“诗”并无深文奥义，它只是在人生世相中见出某一点特别新鲜有趣而把它描绘出来。这句话中“见”字最吃紧。特别新鲜有趣的东西本来在那里，我们不容易“见”着，因为我们的习惯蒙蔽住我们的眼睛。我们如果沉溺于风花雪月，也就见不着阶级意识中的诗；我们如果沉溺于油盐柴米，也就见不着风花雪月中的诗。谁没有看见过在田里收获的农夫农妇！但是谁——除非是米勒（Millet）、陶渊明、华兹华斯（Wordsworth）——在这中间见着新鲜有趣的诗？

诗人的本领就在见出常人之所不能见，读诗的用处也就在随着诗人所指点的方向，见出我们所不能见；这就是说，觉到我们所素认为平凡的实在新鲜有趣。我们本来不觉得乡村生活中有诗，从读过陶渊明、华兹毕斯诸人的作品之后，便觉得它有诗，我们本来不觉得城市生活和工商业文化之中有诗，从读过美国近代小说和俄国现代诗之后，便觉得它也有诗。莎士比亚教我们会在罪孽灾祸中见出庄严伟大，伦勃朗（Rambrandt）和罗丹（Rodin）教我们会在丑陋中见出新奇。诗人和艺术家的眼睛是点铁成金的眼睛。生命生生不息，他们的发见也生生不息。如果生命有末日，诗总会有末日。到了生命的末日，我们自无容顾虑到诗是否还存在。但是有生命而无诗的人虽未到诗的末日，实在是早已到生命的末日了，那真是一件最可悲哀的事。“哀莫大于心死”，所谓“心死”就是对于人生世相失去解悟和留恋，就是对于诗无兴趣。读诗的功用不仅在消愁遣闷，不仅是替有闲阶级添一件奢侈；它在使人到处都可以觉到人生世相新鲜有趣，到处可以吸收维持生命和推展生命的活力。

诗是培养趣味的最好的媒介，能欣赏诗的人们不但对于其他种种文学可有真确的了解，而且也决不会觉得人生是一件干枯的东西。

（载《朱光潜全集》第3卷，顾问叶圣陶、沈从文、季羡林，1987年8月）

谈书评

——欣赏一首诗就是再造一首诗；欣赏一部书，如果那部书有文艺价值，也应该是在心里再造一部书。一篇好的书评也理应是这种“再造”的结果。

谈到究竟，文艺方面最重要的东西还是作品。一个人在文艺方面最重要的修养不是记得一些干枯的史实和空洞的理论，而是对于好作品能热烈地爱好，对于低劣作品能彻底地厌恶。能够教学生们懂得什么才是一首好诗或是一篇好小说,能够使他们培养成对于文学的兴趣和热情，那才是一位好的文学教师；能够使一般读者懂得什么才是一首好诗或是一篇好小说，能够使他们培养成对于文学的兴趣和热情，那才是一位好的批评家。真正的批评对象永远是作品，真正的好的批评家永远是书评家，真正的批评的成就永远是对于作品的兴趣和热情的养成。

书评家的职务是很卑恭的。他好比游览名胜风景的向导，引游人注意到一些有趣的林园泉石寨堡。不过这种比拟究竟有些不恰当。一个旅行向导对于他所指点的风景不一定是他自己发现出来的，尤其不一定自己感觉到它们有趣。他可以读一部旅行指南，记好一套刻板的解释，遇到有钱的顾主就把话匣子打开，把放过几千次的唱片再放一遍。书评家的职务却没有这么简单。他没有理由向旁人说话，除非他所指点的是他自己的发现而且是他自己的爱或憎的对象。书评一术不发达即由于此。

在事实上，一个人如果不以书评为职业，就很难有工夫去天天写书评，而书评却不如旅行向导可以成为一种职业，书评所需要的公平、自由、新鲜、超脱诸美德都是与职业不相容的。

常见的书评不外两种，一种是宣传，一种是反宣传。所谓“宣传”者有书店稿费或私人交谊做背景，作品本身价值是第二层事，头一层要推广它的销路，在这种书籍的生存战争中，它不能不有人替它“吹”一下。所谓“反宣传”者有仇恨妒忌种种心理做背景，甲与乙如不同派，凡甲有所作，乙必须闭着眼睛乱骂一顿，以为不把对方打倒，自己就不易抬头“称霸”。书评失去它的信用，就因为有这两种不肖之徒如劣马害群。书评变成贩夫叫卖或是泼妇闹街，这不但是书评末运，也是文艺的末运。

书是读不尽的，自然也评不尽。一个批评家应该是一个探险家。为着发见肥沃的新陆，不惜备尝艰辛险阻，穿过一些荒原沙漠冰海；为着发见好书，他不能不读数量超过好书千百倍的坏书。每个人都应该读些坏书，不然，他不能真正地懂得好书的好处。不过在每个时代、每个国家里坏书都“俯拾即是”，用不着一个专家去把它指点出来。与其浪耗精力去攻击一千部坏书，不如多介绍一部好书。没有看见过小山的人固然不知道大山的伟大；但是你如果引人看过喜马拉雅山，他决不会再相信泰山是天下最高峰。好书有被埋没的可能，而坏书却无永远存在之理，把好书指点出来，读者自然能见出坏书的坏。

攻击唾骂在批评上固然有它的破坏的功用，它究竟是容易流于意气之争，酿成创作与批评中不应有的仇恨，给读者一场空热闹，而且一个作品的最有意义的批评往往不是一篇说是说非的论文，而是题材相仿佛的另一个作品。如果你不满意一部书或是一篇文章，且别费气力去唾骂它，自己去写一部比它较好的作品出来，至少，指点出一部比它较好的作品出来！一部书在没有比它再好的书出来以前，尽管是不圆满，仍旧有它的功用，有它的生存权。

批评的态度要公平，这是老生常谈，不过也容易引起误解。一个人只能在他的学识修养范围之内说公平话。对于甲是公平话， 对于乙往往是偏见。孔夫子只见过泰山，便说“登泰山而小天下”不能算是不公平，至少是就他的学识范围而言。凡是有意义的话都应该是诚实的话，凡是诚实话都是站在说话者自己特殊立场扪心自问所说的话。人人都说荷马或莎士比亚伟大而我们扪心自问，并不能见出他们的伟大。我跟人说他们伟大么？这是一般人所谓“公平”。我说我并不觉得他们伟大么？这是我个人学识修养范围之内的“公平”，而一般人所谓“偏见”。批评家所要的“公平”究竟是哪一种呢？“司法式”批评家说是前一种，“印象派”批评家说是后一种。前一派人永远是朝“稳路”走，可是也是永远自封在旧窠臼里，很难发见打破传统的新作品。后一派人永远是流露“偏见”，可是也永远是说良心话，永远能宽容别人和我自己异趣。这两条路都任人随便走，而我觉得最有趣的是第二条路，虽然我知道它不是一条“稳路”。

法朗士说得好：“每个人都摆脱不开他自己，这是我们最大的厄运。”

这种厄运是不可免的，所以一般人所嚷的“客观的标准”“普遍的价值”等等终不免是欺人之谈，你提笔来写一篇书评时，你的唯一的理由是你对于那部书有你的特殊的见解。这种见解只要是由你心坎里流露出来的，只要是诚实，虽然是偏，甚至于是离奇，对于作者与读者总是新鲜有趣的。书评是一种艺术，像一切其他艺术一样，它的作者不但有权利，而且有义务，把自己摆进里面去；它应该是主观的；这就是说，它应该有独到见解。叶公超先生在本刊所发表的《论书评》一文里仿佛说过，书评是读者与作者的见解和趣味的较量。这是一句有见地的话。见解和趣味有不同，才有较量的可能，而这种较量才有意义，有价值。

天赋不同，修养不同，文艺的趣味也因而不同。心理学家所研究的“个别的差异”是创作家、批评家和读者所应该同样地认清而牢记的。文艺界有许多无谓的论战和顽固的成见都起于根本不了解人性中有所谓“个别的差异”。我自己这样感觉，旁人如果不是这样感觉，那就是他们荒谬，活该打倒，这是许多固执成见者的逻辑。如果要建立书评艺术，这种逻辑必须放弃。

欣赏一首诗就是再造一首诗；欣赏一部书，如果那部书有文艺的价值，也应该是在心里再造一部书。一篇好的书评也理应是这种“再造”的结果。我特别着重这一点，因为它有关于书评的接受。无论是作者或是读者，对于一篇有价值的书评都只能当作一篇诚实的主观的印象记看待，容许它有个性，有特见，甚至于有偏见。一个书评家如果想把自己的话当作“权威”去压服别人，去范围别人的趣味；一个读者如果把一篇书评当作“权威”恭顺地任它范围自己的趣味；或是一个创作家如果希望别人对于自己的著作的见解一定和自己的意见相同；那么，他们都是一丘之貉，都应该冠上一个共同的形容词——愚蠢！

如果莎士比亚再活在世间，如果他肯费工夫把所有讨论、解释和批评他的作品文章仔细读一遍，他一定会惊讶失笑，发见许多读者比他自己聪明，能在他的作品中发见许多他自己所梦想不到的哲学、艺术技巧的意识以及许多美点和丑点。但是他也一定会觉得这些文章有趣，一律地加以大度宽容。懂得这个道理，我们就应该明了：刘西渭先生有权利用他的特殊的看法去看《鱼目集》，刘西渭先生没有了解他的心事；而我们一般读者哩，尽管各人都自信能了解《鱼目集》，爱好它或是嫌恶它，但是终于是第二个以至于第几个的刘西渭先生，彼此各不相谋。世界有这许多纷歧差异，所以它无限，所以它有趣；每篇书评和每部文艺作品一样，都是这“无限”的某一片面的摄影。

（载天津《大公报·文艺》“书评特刊”第190期，1936年8月2日）

谈读书一

——书是读不尽的，就读尽也是无用，许多书没有一读的价值。你多读一本没有价值的书，便丧失可读一本有价值的书的时间和精力，所以你须慎加选择。

朋友：

中学课程很多，你自然没有许多时间去读课外书。但是你试抚心自问：你每天真抽不出一点钟或半点钟的工夫么？如果你每天能抽出半点钟，你每天至少可以读三四页，每月可以读一百页，到了一年也就可以读四五本书了。何况你在假期中每天断不会只能读三四页呢！你能否在课外读书，不是你有没有时间的问题，是你有没有决心的问题。

世间有许多人比你忙得多。许多人的学问都在忙中做成的。美国有一位文学家、科学家和革命家富兰克林，幼时在印刷局里做小工，他的书都是在做工时抽暇读的。不必远说，你应该还记得，国父孙中山先生，难道你比那一位奔走革命席不暇暖的老人家还要忙些么？他生平无论忙到什么地步，没有一天不偷暇读几页书。你只要看他的《建国方略》和《孙文学说》，你便知道他不仅是个政治家，而且还是一个学者。不读书讲革命，不知道“光”的所在，只是窜头乱撞，终难成功。这个道理，孙先生懂得最清楚的，所以他的学说特别重“知”。

人类学问逐天进步不止，你不努力跟着跑，便落伍退后，这固不消说。尤其要紧的是养成读书的习惯，是在学问中寻出一种兴趣。你如果没有一种正常嗜好，没有一种在闲暇时可以寄托你的心神的东西，将来离开学校去做事，说不定要被恶习惯引诱。你不看见现在许多叉麻雀抽鸦片的官僚们、绅商们至于教员们，不大半由学生出身么？你慢些鄙视他们，临到你来，再看看你的成就罢！但是你如果在读书中寻出一种趣味，你将来抵抗引诱的能力比别人定要大些。这种兴趣你现在不能寻出，将来永不会寻出的。凡人都越老越麻木，你现在已比不上三五岁的小孩子那样好奇、那样兴味淋漓了。你长大一岁，你感觉兴味的锐敏力便须迟钝一分。

达尔文在自传里曾经说过，他幼时颇好文学和音乐，壮时因为研究生物学，把文学和音乐都丢开了，到老来他再想拿诗歌来消遣，便寻不出趣味来了。兴味要在青年时设法培养，过了正常时节，便会萎谢。比方打网球，你在中学时欢喜打，你到老都欢喜打。假如你在中学时代错过机会，后来要发愿去学，比登天边要难十倍。养成读书习惯也是这样。

你也许说，你在学校里终日念讲义看课本就是读书吗？讲义课本着意在乎均发展基本知识，固亦不可不读。但是你如果以为念讲义看课本，便尽读书之能事，就是大错特错。第一，学校功课门类虽多，而范围究极窄狭。你的天才也许与学校所有功课都不相近，自己在课外研究，去发见己性之所近的学问。再比方你对于某种功课不感兴趣，这也许并非由于性不相近，只是规定课本不合你的口胃。你如果能自己在课外发见好书籍，你对于那种功课的兴趣也许就因而浓厚起来了。第二，念讲义看课本，免不掉若干拘束，想藉此培养兴趣，颇是难事。比方有一本小说，平时自由拿来消遣，觉得多么有趣，一旦把它拿来当课本读，用预备考试的方法去读，便不免索然寡味了。兴趣要逍遥自在地不受拘束地发展，所以为培养读书兴趣起见，应该从读课外书入手。

书是读不尽的，就读尽也是无用，许多书没有一读的价值。你多读一本没有价值的书，便丧失可读一本有价值的书的时间和精力，所以你须慎加选择。你自己自然不会选择，须去就教于批评家和专门学者。我不能告诉你必读的书，我能告诉你不必读的书。许多人曾抱定宗旨不读现代出版的新书。因为许多流行的新书只是迎合一时社会心理，实在毫无价值，经过时代淘汰而巍然独存的书才有永久性，才值得读一遍两遍以至于无数遍。我不敢劝你完全不读新书，我却希望你特别注意这一点，因为现代青年颇有非新书不读的风气。别的事都可以学时髦，惟有读书做学问不能学时髦。我所指不必读的书，不是新书，是谈书的书，是值不得读第二遍的书。

走进一个图书馆，你尽管看见千卷万卷的纸本子，其中真正能够称为“书”的恐怕难上十卷百卷。你应该读的只是这十卷百卷的书。在这些书中间，你不但可以得较真确的知识，而且可以于无形中吸收大学者治学的精神和方法。这些书才能撼动你的心灵，激动你的思考。其他像“文学大纲”“科学大纲”以及杂志报章上的书评，实在都不能供你受用。你与其读千卷万卷的诗集，不如读一部《国风》或《古诗十九首》，你与其读千卷万卷谈希腊哲学的书籍，不如读一部柏拉图的《理想国》。

你也许要问我像我们中学生究竟应该读些什么书呢？这个问题可是不易回答。你大约还记得北平京报副刊曾征求“青年必读书十种”，结果有些人所举十种尽是几何代数，有些人所举十种尽是史记汉书。这在旁人看起来似近于滑稽，而应征的人却各抱有一番大道理。本来这种征求的本意，求以一个人的标准做一切人的标准，好像我只喜欢吃面，你就不能吃米，完全是一种错误见解。各人的天资、兴趣、环境、职业不同，你怎么能定出万应灵丹似的十种书，供天下无量数青年读之都能感觉同样趣味发生同样效力？

我为了写这封信给你，特地去调查了几个英国公共图书馆。他们的青年读物部最流行的书可以分为四类：（一）冒险小说和游记，（二）神话和寓言，（三）生物故事，（四）名人传记和爱国小说。就中代表的书籍是凡尔纳的《八十天环游地球》（Jules verne：*Around the World in Eighty Days*）和《海底二万里》（*Twenty Thousand Leagues Under the Sea*），笛福的《鲁滨孙飘流记》（Defoe：*Robinson Crusoe*），大仲马的《三剑客》（A. Dumas：*Three Musketeers*），霍桑的《奇书》和《丹谷话》[59]（Hawthorne：*Wonder Book and Tangle Wood Tales*），金斯利的《希腊英雄传》（Kingsley：*Heroes*），法布尔的《鸟兽故事》（Fabre：*Story Book of Birds and Beasts*），安徒生的《童话》（Andersen：*Fairy Tales*），骚塞的《纳尔逊传》（Southey：*Life of Nelson*），房龙的《人类故事》（Vanloon：*The Story of Mankind*）之类。这些书在国外虽流行，给中国青年读，却不十分相宜。中国学生们大半是少年老成，在中学时代就欢喜像煞有介事地谈一点学理。他们——你和我自然都在内——不仅欢喜谈谈文学，还要研究社会问题，甚至于哲学问题。这既是一种自然倾向，也就不能漠视，我个人的见解也不妨提起和你商量商量。十五六岁以后的教育宜注重发达理解，十五六岁以前的教育宜注重发达想象。所以初中的学生们宜多读想象的文字，高中的学生才应该读含有学理的文字。

谈到这里，我还没有答复应读何书的问题。老实说我没有能力答复，我自己便没曾读过几本"青年必读书"，老早就读些壮年必读书。比方在中国书里，我最欢喜《国风》、《庄子》、《楚辞》、《史记》、《古诗源》、《文选》中的书笺、《世说新语》、《陶渊明集》、《李太白集》、《花间集》、张惠言《词选》、《红楼梦》等等。

59 《丹谷话》：美国作家霍桑创作的一本神话故事集，原名为 *Tangle Wood Tales*，音译《坦格林儿童故事集》，朱光潜先生称它《丹谷闲话》。——编者注在外国书里，我最欢喜济慈（Keats）、雪莱（Shelly）、柯尔律治（Coleridge）、布朗宁（Browning）诸人的诗集，索福克勒斯（Sophocles）的七悲剧，莎士比亚的《哈姆雷特》（Shakespeare：*Hamlet*）、《李尔王》（*King Lear*）和《奥瑟罗》（*Othello*），歌德的《浮士德》（Goethe：*Fasuts*），易卜生（Ibsen）的戏剧集，屠格涅夫（Turgenef）的《处女地》（*Virgin Soil*）和《父与子》（*Fathers and Children*），陀思妥耶夫斯基的《罪与罚》（Dostoyevsky：*Crime and Punishment*），福楼拜的《包法利夫人》（Flaubert：*Madame Bovary*），莫泊桑（Maupassant）的小说集，小泉八云（Lafcadio Hearn）关于日本的著作等等。

如果我应北平京报副刊的征求，也许把这些古董洋货捧上，凑成“青年必读书十种”。但是我知道这是荒谬绝伦。所以我现在不敢答复你应读何书的问题。你如果要知道，你应该去请教你所知的专门学者，请他们各就自己所学范围以内指定三两种青年可读的书。你如果请一个人替你面面俱到地设想，比方他是学文学的人，他也许明知青年必读书应含有社会问题科学常识等等，而自己又没甚把握，姑且就他所知的一两种拉来凑数，你就像问道于盲了。同时，你要知道读书好比探险，也不能全靠别人指导，你自己也须得费些工夫去搜求。我从来没有听见有人按照别人替他定的“青年必读书十种”或“世界名著百种”读下去，便成就一个学者。别人只能介绍，抉择还要靠你自己。

关于读书方法。我不能多说，只有两点须在此约略提起。第一，凡值得读的书至少须读两遍。第一遍须快读，着眼在醒豁全篇大旨与特色。第二遍须慢读，须以批评态度衡量书的内容。第二，读过一本书，须笔记纲要和精彩的地方和你自己的意见。记笔记不但可以帮助你记忆而且可以逼得你仔细，刺激你思考。记着这两点，其他琐细方法便用不着说。各人天资习惯不同，你用那种方法收效较大，我用那种方法收效较大，不是一概论的。你自己终会找出你自己的方法，别人决不能给你一个方单，使你可以“依法炮制”。

你嫌这封信太冗长了罢？下次谈别的问题，我当力求简短。

再会!

你的朋友　孟实

（载《朱光潜全集》第1卷，顾问叶圣陶、沈从文、季羡林，1987年8月）

谈读书二

——读书是要清算过去人类成就的总账，把几千年的人类思想经验在短促的几十年内重温一遍，把过去无数亿万人辛苦获来的知识教训集中到读者一个人身上去受用。

十几年前我曾经写过一篇短文谈读书，这问题实在是谈不尽，而且这些年来我的见解也有些变迁，现在再就这问题谈一回，趁便把上次谈学问有未尽的话略加补充。

学问不只是读书，而读书究竟是学问的一个重要途径。因为学问不仅是个人的事而是全人类的事，每科学问到了现在的阶段，是全人类分途努力日积月累所得到的成就，而这成就还没有淹没，就全靠有书籍记载流传下来。书籍是过去人类的精神遗产的宝库，也可以说是人类文化学术前进轨迹上的记程碑。我们就现阶段的文化学术求前进，必定根据过去人类已得的成就作出发点。如果抹煞过去人类已得的成就，我们说不定要把出发点移回到几百年前甚至几千年前，纵然能前进，也还是开倒车落伍。读书是要清算过去人类成就的总账，把几千年的人类思想经验在短促的几十年内重温一遍，把过去无数亿万人辛苦获来的知识教训集中到读者一个人身上去受用。有了这种准备，一个人总能在学问途程上作万里长征，去发见新的世界。

历史愈前进，人类的精神遗产愈丰富，书籍愈浩繁，而读书也就愈不易。书籍固然可贵，却也是一种累赘，可以变成研究学问的障碍。它至少有两大流弊。第一，书多易使读者不专精。我国古代学者因书籍难得，皓首穷年才能治一经，书虽读得少，读一部却就是一部，口诵心惟，咀嚼得烂熟，透入身心，变成一种精神的原动力，一生受用不尽。现在书籍易得，一个青年学者就可夸口曾过目万卷，“过目”的虽多，“留心”的却少，譬如饮食，不消化的东西积得愈多，愈易酿成肠胃病，许多浮浅虚骄的习气都由耳食肤受所养成。其次，书多易使读者迷方向。任何一种学问的书籍现在都可装满一图书馆，其中真正绝对不可不读的基本著作往往不过数十部甚至于数部。许多初学者贪多而不务得，在无足轻重的书籍上浪费时间与精力，就不免把基本要籍耽搁了；比如学哲学者尽管看过无数种的哲学史和哲学概论，却没有看过一种柏拉图的《对话集》，学经济学者尽管读过无数种的教科书，却没有看过亚当·斯密的《原富》[60]。做学问如作战，须攻坚挫锐，占住要塞。目标太多了，掩埋了坚锐所在，只东打一拳，西踏一脚，就成了“消耗战”。

读书并不在多，最重要的是选得精，读得彻底。与其读十部无关轻重的书，不如以读十部书的时间和精力去读一部真正值得读的书；与其十部书都只能泛览一遍，不如取一部书精读十遍。“好书不厌百回读，

60 《原富》：是中国翻译家严复对苏格兰经济学家、哲学家亚当·斯密所著的 *The Wealth of Nations* 翻译的第一个译本起的书名。现代一般译为《国民财富－对国民财富产生的原因和性质的研究》，简称《国富论》。

熟读深思子自知”，这两句诗值得每个读书人悬为座右铭。读书原为自己受用，多读不能算是荣誉，少读也不能算是羞耻。少读如果彻底，必能养成深思熟虑的习惯，涵泳优游[61]，以至于变化气质；多读而不求甚解，则如驰骋十里洋场，虽珍奇满目，徒惹得心花意乱，空手而归。世间许多人读书只为装点门面，如暴发户炫耀家私，以多为贵。这在治学方面是自欺欺人，在做人方面是趣低劣。

读的书当分种类，一种是为获得现世界公民所必需的常识，一种是为做专门学问。为获常识起见，目前一般中学和大学初年级的课程，如果认真学习，也就很够用。所谓认真学习，熟读讲义课本并不济事，每科必须精选要籍三五种来仔细玩索一番。常识课程总共不过十数种，每种选读要籍三五种，总计应读的书也不过五十部左右。这不能算是过奢的要求。一般读书人所读过的书大半不止此数，他们不能得实益，是因为他们没有选择，而阅读时又只潦草滑过。

常识不但是现世界公民所必需，就是专门学者也不能缺少它。近代科学分野严密，治一科学问者多故步自封，以专门为藉口，对其他相关学问毫不过问。这对于分工研究或许是必要，而对于淹通深造却是牺牲。宇宙本为有机体，其中事理彼此息息相关，牵其一即动其余，所以研究事理的种种学问在表面上虽可分别，在实际上却不能割开。世间绝没有一科孤立绝缘的学问。比如政治学须牵涉到历史、经济、法律、哲

61 涵泳优游：从容求索，深入体会。

学、心理学以至于外交、军事等等，如果一个人对于这些相关学问未曾问津，入手就要专门习政治学，愈前进必愈感困难，如老鼠钻牛角，愈钻愈窄，寻不着出路。其他学问也大抵如此，不能通就不能专，不能博就不能约。先博学后守约，这是治任何学问所必守的程序。我们只看学术史，凡是在某一科学问上有大成就的人，都必定于许多他科学问有深广的基础。目前我国一般青年学子动辄喜言专门，以至于许多专门学者对于极基本的学科毫无常识，这种风气也许是在国外大学做博士论文的先生们所酿成的。它影响到我们的大学课程，许多学系所设的科目“专”到不近情理，在外国大学研究院里也不一定有。这好像逼吃奶的小孩去嚼肉骨，岂不是误人子弟？

有些人读书，全凭自己的兴趣。今天遇到一部有趣的书就把预拟做的事丢开，用全副精力去读它；明天遇到另一部有趣的书，仍是如此办，虽然这两书在性质上毫不相关。一年之中可以时而习天文，时而研究蜜蜂，时而读莎士比亚。在旁人认为重要而自己不感兴味的书都一概置之不理。这种读法有如打游击，亦如蜜蜂采蜜。它的好处在使读书成为乐事对于一时兴到的著作可以深入，久而久之，可以养成一种不平凡的思路与胸襟。它的坏处在使读者泛滥而无所归宿，缺乏专门研究所必需的“经院式”的系统训练，产生畸形的发展，对于某一方面知识过于重视，对于另一方面知识可以很蒙昧。我的朋友中有专门读冷僻书籍，对于正经正史从未过问的，他在文学上虽有造就，但不能算是专门学者。如果一个人有时间与精力允许他过享乐主义的生活，不把读书当作工作而只当作消遣，这种蜜蜂采蜜式的读书法原亦未尝不可采用。但是一个人如果抱有成就一种学问的志愿，他就不能不有预定计划与系统。对于他，读书不仅是追求兴趣，尤其是一种训练、一种准备。有些有趣的书他须得牺牲，也有些初看很干燥的书他必须咬定牙关去硬啃，啃久了他自然还可以啃出滋味来。

读书必有一个中心去维持兴趣，或是科目，或是问题。以科目为中心时，就要精选那一科要籍，一部一部的从头读到尾，以求对于该科得到一个赅括[62]的了解，作进一步作高深研究的准备。读文学作品以作家为中心，读史学作品以时代为中心，也属于这一类。以问题为中心时，心中先须有一个待研究的问题，然后采关于这问题的书籍去读，用意在搜集材料和诸家对于这问题的意见，以供自己权衡去取，推求结论。重要的书仍须全看，其余的这里看一章，那里看一节，得到所要搜集的材料就可以丢手。这是一般做研究工作者所常用的方法，对于初学不相宜。不过初学者以科目为中心时，仍可约略采取以问题为中心的微意。一书作几遍看，每一遍只看重某一方面。苏东坡与王郎书曾谈到这个方法：

少年为学者，每一书皆作数次读之。当如入海百货皆有，人之精力不能并收尽取，但得其所欲求者耳。故愿学者每一次作一意求之，如

62 赅括：概括。

欲求古今兴亡治乱圣贤作用，且只作此意求之，勿生余念；又别作一次求事迹文物之类，亦如之。他皆仿此。若学成，八面受敌，与慕涉猎者不可同日而语。

朱子尝劝他的门人采用这个方法。它是精读的一个要诀，可以养成仔细分析的习惯。举看小说为例，第一次但求故事结构，第二次但注意人物描写，第三次但求人物与故事的穿插，以至于对话、辞藻、社会背景、人生态度等等都可如此逐次研求。

读书要有中心，有中心才易有系统组织。比如看史书，假定注意的中心是教育与政治的关系，则全书中所有关于这问题的史实都被这中心联系起来，自成一个系统。以后读其他书籍如经子专集之类，自然也常遇着关于政教关系的事实与理论，它们也自然归到从前看史书时所形成的那个系统了。一个人心里可以同时有许多系统中心，如一部字典有许多“部首”，每得一条新知识，就会依物以类聚的原则，汇归到它的性质相近的系统里去，就如拈新字贴进字典里去，是人旁的字都归到人部，是水旁的字都归到水部。大凡零星片断的知识，不但易忘，而且无用。每次所得的新知识必须与旧有的知识联络贯串，这就是说，必须围绕一个中心归聚到一个系统里去，才会生根，才会开花结果。

记忆力有它的限度，要把读过的书所形成的知识系统，原本枝叶都放在脑里储藏起，在事实上往往不可能。如果不能储藏，过目即忘，则读亦等于不读。我们必须于脑以外另辟储藏室，把脑所储藏不尽的都移到那里去。这种储藏室在从前是笔记，在现代是卡片。记笔记和做卡片有如植物学家采集标本，须分门别类订成目录，采得一件就归入某一门某一类，时间过久了，采集的东西虽极多，却各有班位，条理井然。这是一个极合乎科学的办法，它不但可以节省脑力，储有用的材料，供将来的需要，还可以增强思想的条理化与系统化。预备做研究工作的人对于记笔记做卡片的训练，宜于早下功夫。

（载《朱光潜全集》第1卷，顾问叶圣陶、沈从文、季羡林，1987年8月）

谈人生与我

——在闲静寂寞的时候，我把这类小小事件从记忆中召回来，寻思玩味，觉得比抽烟饮茶还更有味。

朋友：

我写了许多信，还没有郑重其事地谈到人生问题，这是一则因为这个问题实在谈滥了，一则也因为我看这个问题并不如一般人看得那样重要。在这最后一封信里我所以提出这个滥题来讨论者，并不是要说出什么一番大道理，不过把我自己平时几种对于人生的态度随便拿来做一次谈料。

我有两种看待人生的方法。在第一种方法里，我把我自己摆在前台，和世界一切人和物在一块玩把戏；在第二种方法里，我把我自己摆在后台，袖手看旁人在那儿装腔作势。

站在前台时，我把我自己看得和旁人一样，不但和旁人一样，并且和鸟兽虫鱼诸物也都一样。人类比其他物类痛苦，就因为人类把自己看得比其他物类重要。人类中有一部分人比其余的人苦痛，就因为这一部分人把自己比其余的人看得重要。比方穿衣吃饭是多么简单的事，然而在这个世界里居然成为一个极重要的问题，就因为有一部分人要亏人自肥。再比方生死，这又是多么简单的事，无量数人和无量数物都已生过来死过去了。一个小虫让车轮压死了，或者一朵鲜花让狂风吹落了，在虫和花自己都决不值得计较或留恋，而在人类则生老病死以后偏要加上一个苦字。这无非是因为人们希望造物主宰待他们自己应该比草木虫鱼特别优厚。

因为如此着想，我把自己看作草木虫鱼的侪辈，草木虫鱼在和风甘露中是那样活着，在炎暑寒冬中也还是那样活着。像庄子所说，它们“诱然皆生，而不知其所以生；同焉皆得，而不知其所以得”。它们时而戾天跃渊，欣欣向荣，时而含葩敛翅，晏然蛰处，都顺着自然所赋予的那一副本性。它们决不计较生活应该是如何，决不追究生活是为着什么，也决不埋怨上天待它们特薄，把它们供人类宰割凌虐。在它们说，生活自身就是方法，生活自身也就是目的。

从草木虫鱼的生活，我觉得一个经验。我不在生活以外别求生活方法，不在生活以外别求生活目的。世间少我一个，多我一个，或者我时而幸运，时而受灾祸侵逼，我以为这都无伤天地之和。你如果问我，人们应该如何生活才好呢？我说，就顺着自然所给的本性生活着，像草木虫鱼一样。你如果问我，人们生活在这幻变无常的世相中究竟为着什么？我说，生活就是为着生活，别无其他目的。你如果向我埋怨天公说，人生是多么苦恼呵！我说，人们并非生在这个世界来享幸福的，所以那并不算奇怪。

这并不是一种颓废的人生观。你如果说我的话带有颓废的色彩，我请你在春天到百花齐放的园子里去，看看蝴蝶飞，听听鸟儿鸣，然后再回到十字街头，仔细瞧瞧人们的面孔，你看谁是活泼，谁是颓废？请你在冬天积雪凝寒的时候，看看雪压的松树，看看站在冰上的鸥和游在水中的鱼，然后再回头看看遇苦便叫的那“万物之灵”，你以为谁比较能耐苦持恒呢？

我拿人比禽兽，有人也许目为异端邪说。其实我如果要援引“经典”，称道孔孟以辩护我的见解，也并不是难事。孔子所谓“知命”，孟子所谓“尽性”，庄子所谓“齐物”，宋儒所谓“廓然大公，物来顺应”，和希腊廊下派哲学，我都可以引申成一篇经义文，做我的护身符。然而我觉得这大可不必。我虽不把自己比旁人看得重要，我也不把自己看得比旁人分外低能，如果我的理由是理由，就不用仗先圣先贤的声威。

以上是我站在前台对于人生的态度。但是我平时很欢喜站在后台看人生。许多人把人生看作只有善恶分别的，所以他们的态度不是留恋，就是厌恶。我站在后台时把人和物也一律看待，我看西施、嫫母、秦桧、岳飞也和我看八哥、鹦鹉、甘草、黄连一样，我看匠人盖屋也和我看鸟鹊营巢、蚂蚁打洞一样，我看战争也和我看斗鸡一样，我看恋爱也和我看雄蜻蜓追雌蜻蜓一样。因此，是非善恶对我都无意义，我只觉得对着这些纷纭扰攘的人和物，好比看图画，好比看小说，件件都很有趣味。

这些有趣味的人和物之中自然也有一个分别。有些有趣味，是因为它们带有很浓厚的喜剧成分；有些有趣味，是因为它们带有很深刻的悲剧成分。

我有时看到人生的喜剧。前天遇见一个小外交官，他的上下巴都光光如也，和人说话时却常常用大拇指和食指在腮旁捻一捻，像有胡须似的。他们说这是官气，我看到这种举动比看诙谐画还更有趣味。许多年前一位同事常常很气忿地向人说："如果我是一个女子，我至少已接得一尺厚的求婚书了！"偏偏他不是女子，这已经是喜剧；何况他又麻又丑，纵然他幸而为女子，也决不会有求婚书的麻烦，而他却以此沾沾自喜，这总算得喜剧之喜剧了。这件事和英国文学家哥尔德斯密斯的一段逸事一样有趣。他有一次陪几个女子在荷兰某一个桥上散步，看见桥上行人个个都注意他同行的女子，而没有一个睬他自己，便板起面孔很气忿地说："哼，在别地方也有人这样看我咧！"如此等类的事，我天天都见得着。

在闲静寂寞的时候，我把这一类的小小事件从记忆中召回来，寻思玩味，觉得比抽烟饮茶还更有味。老实说，假如这个世界中没有曹雪芹所描写的刘姥姥，没有吴敬梓所描写的严贡生，没有莫里哀所描写的达尔杜弗和阿尔巴贡，生命更不值得留恋了。我感谢刘姥姥、严贡生一流人物，更甚于我感谢钱塘的潮和匡庐的瀑。

其次，人生的悲剧尤其能使我惊心动魄；许多人因为人生多悲剧而悲观厌世，我却以为人生有价值正因其有悲剧。我在几年前作的《无言之美》里曾说明这个道理，现在引一段来：

我们所居的世界是最完美的，就因为它是最不完美的。这话表面看来，不通已极。但是实含有至理。假如世界是完美的，人类所过的生活——比好一点，是神仙的生活，比坏一点，就是猪的生活——便呆板单调已极，因为倘若件件事都尽美尽善了，自然没有希望发生，更没有努力奋斗的必要。人生最可乐的就是活动所生的感觉，就是奋斗成功而得的快慰。世界既完美，我们如何能尝创造成功的快慰？这个世界之所以美满，就在有缺陷，就在有希望的机会，有想象的田地。换句话说，世界有缺陷，可能性才大。

这个道理李石岑先生在《一般》三卷三号所发表的《缺陷论》里也说得很透辟。悲剧也就是人生一种缺陷。它好比洪涛巨浪，令人在平凡中见出庄严，在黑暗中见出光彩。假如荆轲真正刺中秦始皇，林黛玉真正嫁了贾宝玉，也不过闹个平凡收场，哪得叫千载以后的人唏嘘赞叹？以李太白那样天才，偏要和江淹戏弄笔墨，作了一篇《反恨赋》，和《上韩荆州书》一样庸俗无味。毛声山评《琵琶记》，说他有意要作《补天石》传奇十种，把古今几件悲剧都改个快活收场，他没有实行，总算是一件幸事。人生本来要有悲剧才能算人生，你偏想把它一笔勾销，不说你勾销不去，就是勾销去了，人生反更索然寡趣。所以我无论站在前台或站在后台时，对于失败，对于罪孽，对于殃咎，都是一幅冷眼看待，都是用一个热心惊赞。

朋友，我感谢你费去宝贵的时光读我的这十二封信，如果你不厌倦，将来我也许常常和你通信闲谈，现在让我暂时告别罢！

你的朋友 孟实

（载《朱光潜全集》第1卷，顾问叶圣陶、沈从文、季羡林，1987年8月）

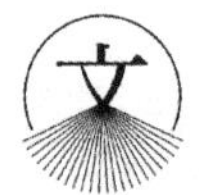

华文经典

出品人　张进步
策划监制　程　碧

执行编辑　张　丹
装帧设计　lemon
内文设计　李　松

运　　营　蒋红艳
印　　制　度　度
发　　行　肖　遥
营　　销　何雨淳　孙　星

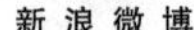

微信公众号